会津《あいづ》武士道1――ならぬことはならぬ

第一章　江戸壊滅《かいめつ》の報《しらせ》

一

　地震だあ。

　真っ暗闇に声が上がった。望月龍之介《もちづきりゅうのすけ》は、はっとして目を開いた。あたりは真っ暗で何も見えない。四方八方から闇がひしめき、音を立てて崩れ落ちてくる。止《や》んだかと思うとまた、大きな横揺れに周りの闇が軋《きし》み音を立てる。龍之介は枕辺を手で探り、小刀《しょうとう》の柄《つか》を握った。刀を握るだけで、心が落ち着く。

　龍之介は、地鳴りを上げて押し寄せてくる闇の怒濤《どとう》に寝具から身を起こしたものの、立ち上がることも出来ずにいた。寝床の床《ゆか》が左右に大きく揺れて身動きも出来ない。膝を立てるも軸足《じくあし》が揺れ、腰が定まらずに上体が泳ぐ。足許の床が引き裂かれるのではないか、という恐怖心が押し寄せる。

「龍之介、うろたえるな。落ち着け。しばらくすれば揺れは収まる」

兄真之助《しんのすけ》の声が廊下の闇から響いた。どこかで女の悲鳴が上がった。

「母上、加世《かよ》、近くの柱に身を寄せろ」

龍之介は、寝床にどっかりと胡坐《あぐら》をかいた。腹の丹田《たんでん》に力を込めた。なにくそ、こんな揺れに負けるか。龍之介は心を無にし、自らを落ち着かせた。地震の時は、いかがいたすのか。この程度の揺れを恐がって、逃げるわけにはいかない。

「龍之介、逃げろ。てんでんこだ。雨戸を蹴破って外に逃げろ」

「母上や姉上が……」

「構わぬ。逃げろ」

「しかし……」

「それがしのいうことを聞けぬのか。たわけもの」

龍之介は立ち上がった。父上の代わりである兄には絶対服従だ。また揺れが戻った。家屋は大揺れに揺れ、天井や壁がみしみしと不気味な軋み音を立てる。龍之介は小刀を腰に差し、真っ暗な中を掃き出し窓に四つんばいになって進んだ。板戸に突き当たった。戸の桟《さん》を摑み、力一杯に戸を押し上げ、庭に飛び出した。いっぺんに寒気が龍之介の身を包んだ。

外の庭木の梢《こずえ》や葉葉が揺れていた。龍之介は一息《ひといき》深呼吸をした。雲間から覗く月明かりで庭や家屋の屋根がはっきりと見えた。

掃き出し窓から、どてらに包《くる》まった母と姉が抱き合うようにして庭に降りようとしていた。背後から、兄の真之助の影が母の影を支えていた。

大きな揺れはまだ続いている。立っているのも難儀《なんぎ》なほどだ。屋根瓦がみしみしと軋み、庭に落ちてくる。

いかん。危ない。

龍之介は咄嗟《とっさ》に母と姉に駆け寄った。

「母上、姉上、頭上に用心して」

龍之介は母と姉を両手で抱えるようにして庇《かば》い、庭に誘導した。あいかわらず大地は大きくゆったりと揺れていて歩くのもままならない。それでも、龍之介は母と姉の手を引き、松の木の幹に掴《つか》まらせた。

振り返ると、家のなかに火がちらついた。

「誰か、水、水を持って来い」

兄が家の中に引き返し、大声で叫んでいる。暗い廊下を慌ただしく走り回る足音が聞こえた。

龍之介はすぐさま家へと取って返した。

真之助は布団を抱え、廊下の障子戸に燃え移った火を消そうとしていた。龍之介も自分の寝床の布団を抱え、兄に倣《なら》って障子戸に移って炎を上げる火を叩き消した。廊下の行灯《あんどん》が倒れて火がついたらしい。暗がりにきな臭い匂いが鼻孔《びこう》をついた。

「龍之介、布団の綿に移った火を消せ。くすぶっておるぞ」

「はい。兄上」

「みなのもの、油断するな。また揺り戻しが来る。いいか、火の元を消し、怪我をしないように外に出ろ」

兄は母屋の中にいる家人たちに大声で指示を出した。暗がりの中から、家人たちの返事が聞こえた。

揺れは収まっていた。龍之介は母や姉の傍《そば》に立ち、あたりの気配に耳を澄ました。

やがて庭先で焚火《たきび》が焚かれた。めらめら立ち上る炎の明るさで互いの顔が見えるようになった。家人や奉公人の家族たちは暖かい焚火の周りに集まって手をかざした。

火の暖かさに、みんな一様にほっとした顔になっていた。

「みな揃っているか。確かめよ。怪我をした者はいないか」

兄の真之助が望月家の家長として、大声で家人や奉公人たちの安否を確かめている。若党頭《わかとうがしら》の児島庄衛門《こじましょうえもん》も兄の傍らであれこれと指示を出していた。

隣の武家屋敷からも庭に出た家人たちの、互いに無事を確かめる声が響いた。また山から地鳴りが聞こえた。

「揺り戻しが来るぞ。みな落ちてくる屋根瓦に気をつけろ」

真之助の声に周囲にいた家人たちは地面にしゃがみ込み、揺れに備えた。龍之介は兄の傍らに立ち、腰の小刀を手で押さえて両足を踏張《ふんば》って揺れに耐えた。

杉林の木々がゆさゆさと音を立てて揺れた。屋根や林から一斉に烏《からす》の大群が飛び立った。烏の鳴き声とはばたきが暗い夜空に響きわたった。

安政《あんせい》二年（一八五五）十月二日亥《い》の刻《こく》（午後十時）。江戸は突如として大地震に見舞われた。後世に安政江戸地震と呼ばれる関東地方南部を震源とするＭ７クラスの巨大地震である。ここ会津《あいづ》城下においても震度４以上の強震に襲われていた。

二

眠れぬ一夜が明けた。

幸いなことに望月家の屋敷の被害はほとんどなかった。南に面した屋根の瓦が一部崩れて落ちたが、怪我人はなかった。

龍之介がいつものように藩校《はんこう》である日新館《にっしんかん》の教場に入ると、同級生たちは昨夜の大地震の話で持ちきりだった。いずれも、同期の仲間である。

龍之介は長机が並ぶ広間に上がり、自分の席の机に風呂敷包みを置き、畳に膝を揃えて正座した。

早速に小野権之助《おのごんのすけ》が龍之介の傍《そば》に膝行《しっこう》し、話しかけた。

「龍之介、おまえのとこはどうだった？　大丈夫だったか」

「うむ。大丈夫だった。怪我人もなかった」

河原九三郎《かわはらくさぶろう》も龍之介ににじり寄った。

「昨夜はほんとにひどかったな。おれは庭に飛び出したが、揺り戻しが何度もあって、ろくに眠れなかった」

訳知りの五月女文治郎《さおとめぶんじろう》も寄って来た。

「昨日の地震が、これまでで一番激しく揺れたんじゃないか」

「文治郎、おまえんとこはどうだった？」

「うちは仏壇が倒れた。婆様が逃げる際に、土間で転んで足を折った。ご先祖様がお怒りになったんじゃないか、と大騒ぎになった」

「寺の灯籠《とうろう》が倒れたそうじゃのう」

「墓石がいくつか倒れたそうだ」

鹿島明仁《かしまあきひと》も話の輪に加わった。

「鶴ヶ城《つるがじょう》の石垣は崩れなかったのか？」

「さすが石垣は頑丈に造られているから大丈夫だったが、天守閣《てんしゅかく》が大揺れに揺れたそうだ。天守閣にいた張り番によると、まるで船に乗っているかのようだったそうだ。何かに摑まっていなければ、とても立っていられなかったそうだ」

文治郎があたりを見回しながらいった。

「上士の家では、古瓦が落ちたり、簞笥《たんす》が倒れたり、なかには行灯が転がって、危うく火事になりそうになった家もあるそうだぞ」

「父上が申されておった。会津でもあんなに揺れたのだから、さぞ江戸はたいへんなことになっているんではないか、と」

小野権之助が腕組みをした。明仁が心配顔で龍之介を覗き見た。

「龍之介、おまえのお父上は江戸詰めなのだろう？　なにかと心配ではないか」

「ま、心配だが、これぱかりはなんともいえん。ただ無事であることを祈るばかりだ」

龍之介はうなずいた。

父望月牧之介《まきのすけ》は、三年前から江戸藩邸に詰めている。父の役職は若年寄支配の御用所詰めの密事頭取と聞いているが、どのような御役目なのか、龍之介には分からない。密事という以上、秘密裏《り》に何かことを運ぶ御役目らしいのだが、父はどのような内容の御役目なのか龍之介には教えてくれなかった。

もしかすると、母や跡継ぎである兄には話しているのかも知れない。父に訊くと、おまえが元服して、一人前の大人になったら話すことになろう、と笑った。

龍之介は、いま数え十三歳だ。来年春に元服式を迎える。そうなれば、父上もどのような御役目なのか、教えてくれるに違いない。

明仁が河原九三郎に訊いた。

「九三郎、おまえのお父上も去年から江戸詰めになったよな？」

「うむ。そうなんだ。だから、ちと心配しているんだ。なんせ、父上は初めての江戸詰めだからな。それに、なんか、このごろ、嫌なことが連続している。何か、とんでもないことが起こるような気がしてならぬからな」

九三郎は浮かぬ顔でうなずいた。

九三郎の父河原仁佐衛門《じんざえもん》は鉄砲組組頭として、大勢の部下を率いて、幕府軍の一翼《いちよく》を担い、黒船警備にあたり、江戸藩邸に詰めていた。戦場の最前線にいる。

龍之介は九三郎の不安が分からないではなかった。大人たちの不安や動揺が、子どもの龍之介たちにも伝染していた。

弘化《こうか》三年（一八四六年）に、会津南部に接する那須岳《なすだけ》が突然に噴火し、激しく噴煙を上げた。これまで死んだように眠っていた那須岳が息を吹き返したのは何かよからぬことが起きる兆《きざ》しではないか、と会津若松《わかまつ》城下の人々は恐れたのだ。

実際、嘉永《かえい》年間（一八四八〜）になってから、ろくなことがなかった。日本周辺に異国船が頻繁《ひんぱん》に現われ、しきりに開国を要求した。朝廷は、国難迫れりと七社七寺《しちしゃしちじ》に国の安泰を祈願した。その一方、幕府に再度海防の勅諭《ちょくゆ》を下した。

嘉永五年にはロシア船が下田《しもだ》に来航。翌六年六月には、アメリカのペリー提督《ていとく》率いる巨大な黒船艦隊が浦賀《うらが》沖に来航した。幕府は国書受け取りを決め、久里浜《くりはま》海岸に仮設の応接所を作り、ペリーたちを迎えた。その際、会津藩は海上左手に陣取り、万一の戦闘に備えて防備を固めた。会津藩兵たちは、初めて見る大男の異国人たちの近代的装備の海兵隊を前にして怖気《おぞけ》を震《ふる》った。江戸の住民も、不意なる黒船来航に慌てふためき、社会は物情騒然《ぶつじょうそうぜん》になった。

堪《たま》りかねた朝廷は嘉永から安政に改元し、悪い流れを変えようとした。が、その安政元年、再びペリーの黒船が現われ、前年に幕府に渡した開国を求める国書の返事を受け取りに来たのだった。

江戸から遠く離れた会津の城下にも、ひたひたと外の波が押し寄せていた。藩内にも尊皇攘夷《そんのうじょうい》を求める声と開国やむなしの声の双方が湧き上がり、藩内に動揺が広まっていた。

黒船の噂は、一気に広まった。久里浜で警備にあたった藩兵たちが自分の目で目撃した黒船の姿を、かなり誇大に吹聴《ふいちょう》したせいもある。龍之介ら子どもたちも、見たこともない黒船の姿に想像を膨らませ、好奇心を募《つの》らせていた。出来ることなら、己れたちも江戸に行き、実際に自分の目で黒船を見てみたい、と思わせた。龍之介も、一刻も早く元服を済ませて大人になり、江戸へ派遣されたい、と願っていた。

そうした矢先に、昨夜の大地震だ。これも何かの不吉な予兆なのだろうか。

ふと小野権之助が声をひそめた。

「龍之介、おぬし、見たか？」

「何を？」

「見てないか」

小野権之助は頭を左右に振った。

河原九三郎が権之助に尋ねた。

「何を見たというんだ？」

「近所の婆さんから、見たものを絶対に他人《ひと》にいうな、といわれたんだ」

「いったい、何を見たんだ？　いえよ」

五月女文治郎も権之助に詰め寄った。鹿島明仁も笑いながらいった。

「どうせ、ろくなもんじゃない。ひそかに湯屋でも覗き、女子《おなご》の裸でも見たっていうんじゃないか」

「ばかやろう。そんな助平な話ではない」

権之助は一瞬赤くなっていった。

龍之介もからかい半分にいった。

「じゃあ、何を見たというんだ？　もったいぶらずにいえよ」

権之助はまた周囲を窺《うかが》った。周囲の藩校生たちは、それぞれ、什の遊び仲間が集まり、わいわいと話に興《きょう》じている。

権之助は真顔になり、声をひそめた。

「昨夜、外に避難した後、しばらく庭にいたんだけど、余震が収まったこともあって、家の者はみんな家に戻って行った。それがしはしんがりになり、焚火の残り火の始末をしていた時のことだ。ふと北東の方角に目をやったら、ぼんやりとだが飯盛山《いいもりやま》が見えた。その飯盛山の山影に、いきなり火柱が立ったんだ。それも巨大な火柱でな。あれは普通の燃える炎ではなかった。青白い炎で、天頂に向かってまっしぐらに昇って行くような光の柱だった」

「本当に見たのか？」

五月女文治郎が訝《いぶか》った。

「うむ。見ちまった」

権之助は、やや青ざめた顔になった。

龍之介はあらためて訊いた。

「その火柱を見ると、何か悪いことがあるのか？」

「……見たことを他人にいいふらすと、そいつに悪運がつくというんだ」

「誰がそんなことをいったのだ？」

「近所の婆さんだ」

「その婆さんとは何者なんだ？」

九三郎が笑いながら訊いた。

権之助は低い声でいった。

「近所に住んでいる時斎《じさい》の巫女《みこ》さんで、もともとは恐山《おそれざん》のイタコをしていたらしい。普段は熊野神社《くまのじんじゃ》の社の下に寝泊まりしている老婆だ。それがしが、焚火の始末をしている時に、忽然《こつぜん》と現われたんだ」

「そんな老婆の話を信じるのか？」

「信じたくないが、聞いてしまうと気味が悪いじゃないか」

龍之介は笑いながらいった。

「気にするな。気にすれば、かえって、本当のように思ってしまう。それよりも、飯盛山山頂に迸《ほとばし》った火柱だ。見間違いではないのか？」

「見た。たしかに見た。それは間違いない」

権之助は確信したように答えた。

「カミナリではないのか？」

「雷光《らいこう》ではなかったと思う。山頂から迸り出た火柱だった」

「そういえば……」

五月女文治郎が思い出したようにいった。

「飯盛山の大天狗《おおてんぐ》の仕業《しわざ》かも知れない」

「飯盛山に、そんな天狗が棲んでいるものかい。おれは聞いたことがないな」

鹿島明仁が笑った。五月女文治郎が憤然《ふんぜん》としていった。

「おれだって、もっと小さな子どもだった時に、親から聞いただけだから、信じているわけではない」

河原九三郎が真顔でいった。

「いや。おれも、昔、年寄から聞いたことがある。あの山には天狗よりも恐い修験《しゅげん》の荒武者が住み着いていると」

龍之介は訝った。

「その修験者が火を放ったというのかい?」

河原九三郎はうなずいた。

「そうかも知れない。もし、そうでなかったら、自然の雷光かも知れないし。権之助、本当におぬし、火柱を見たのだな」

「ああ。見た。この目でしっかりとな。きっとほかにも見た人間はいるはずだ。あれだけ、夜空目指して迸ったのだからな」

突然、戟門《げきもん》から太鼓が轟《とどろ》きはじめた。授業開始を告げる合図の音だった。

それを合図に、権之助も九三郎、文治郎、明仁も、龍之介の席から離れ、自分の席に戻って行った。

龍之介は姿勢を正して座り直し、おもむろに風呂敷包みを解き、論語を取り出した。

論語の頁を繰《く》りながら、小野権之助がいっていた飯盛山の火柱は何だったのか、と考えていた。

三

江戸から早馬が会津城下に駆けつけたのは、翌日の昼のことだった。早馬の連絡使は、城代家老の玄関前に転がり落ちると、荒い息をしながら「江戸壊滅《かいめつ》」と叫んだという。

「江戸壊滅」の報《しらせ》は見る間に城内に広まり、城内は大騒ぎになった。この報はたちまち城下にも広がり、会津城下は騒然となった。

龍之介が、その報を聞いたのは、日新館の武道場で師範代の剣術指南を受け、打ち込み稽古をしている最中だった。

突然、家臣の一人が道場に足音高く駆け込んだ。家臣は門弟に稽古をつけている佐《さ》川《がわ》指南役の許《もと》に座って叫ぶように報告した。

「佐川様、江戸からの早馬の一報でござる。先の大地震により江戸は壊滅。会津藩江戸上屋敷全壊いたし、中屋敷も崩壊。多数の圧死者、負傷者が出ているとのことでござる」

「なにい？」

佐川指南役は竹刀《しない》を下ろして稽古をやめた。

「殿はご無事か？」

「殿は辛《かろ》うじて戸外に逃れ、難を逃れたとのことでござる」

「それは、それは。何よりなこと」

佐川指南役はほっと胸を撫で下ろした。

「城代様から至急の招集がかかりました。これより、城中大広間にお集まりいただき、緊急の対策会議を開催いたします。ご出席をお願いいたします」

「うむ。直《ただ》ちに参ろう」

佐川指南役は、稽古相手の門弟と一礼を交わし、そそくさと引き揚げて行った。

龍之介は茫然《ぼうぜん》として、佐川指南役と報告に来た供侍《ともざむらい》とのやりとりを聞いていた。

江戸が壊滅した？　会津藩上屋敷全壊？　中屋敷も崩壊しただと？

父上は無事なのだろうか？

龍之介は道場を見回した。江戸上屋敷も中屋敷も見たことはない。だが、日新館の建物と大差ない造りのはずだ。この道場が全壊する？　壁や柱が崩れて倒れ、屋根や天井が落ちてくる？

龍之介は想像しようとしても、容易には想像しきれずにいた。

「龍之介、何をぼんやりしておる！」

いきなり師範代の竹刀が龍之介の面《めん》の頭上を叩いた。竹刀は撓《しな》り、龍之介の後頭部を打った。痛みが龍之介を我に返させた。

いけない。稽古が再開されていた。

龍之介は反射的に目の前の師範代に竹刀を打ち込んだ。師範代は軽く、龍之介の竹刀を叩いて捌《さば》く。

「龍之介、どうした！　腰が入っておらんぞ。それで昇級仕合いで勝てると思うのか」

「はいッ」

「返事はいい。打ち込んで来い」

師範代は龍之介の隙を突いて、小手《こて》を厳しく叩いた。

なにくそ！

龍之介は、頭の隅《すみ》にちらつく父の姿を追い払いながら、必死に師範代に竹刀を打ち込んだ。

日新館道場からの帰り道は、色とりどりの紅葉《こうよう》に輝く林にあった。冷たい北風に真っ赤な紅葉《もみじ》がかすかに擦《こす》れて、かさこそと音を立てる。西に傾いた太陽の光が木漏《こも》れ日となって、道に模様を作って揺らいでいる。

鶴ヶ城の天守閣の白壁が夕陽を浴びて茜色《あかねいろ》に染まっている。空気はかすかに花の甘い薫りが混じっていた。何の花の匂いだろうか。

龍之介は、日新館の石段を下りながら、胸いっぱいに林の空気を吸い込んだ。胴着を竹刀に括《くく》り付け、肩に担《かつ》いで歩く。

後ろから、何人かの追いかけて来る足音が聞こえた。

「おーい、龍之介。待て待て」

同輩の小野権之助や五月女文治郎、河原九三郎たちだった。

龍之介は立ち止まり、振り向いた。小野権之助たちが、竹刀を肩に担ぎ、急ぎ足でやって来る。

龍之介も権之助も文治郎、九三郎も十三歳。同じ什組《じゅうぐみ》に育った遊び仲間である。

会津の男子は、六歳になると九歳になるまで、「什」と呼ばれる組に入り、遊びも学びも、すべて「什」の組で一緒だった。「什」は十人で一組となり、その中の年長者が什長（座長）になる。

ちなみに龍之介たちの什の長は、一つ年上の外島遼兵衛《そとじまりょうべえ》、什の名は白狼組《はくろうぐみ》だった。

什には、目上の人を敬え、嘘をついてはいけない、卑怯なふるまいはするな、弱い者をいじめてはならないなどの掟《おきて》があり、幼少のうちに、人が弁《わきま》えねばならぬ礼節や士道に反してはならぬという心構えが徹底的に叩き込まれた。

会津の女子には、什のような組はなかったが、家庭の中で、男子と同様、武家の女としての礼節を母親から教えられていた。

什の掟のしめくくりは、理由や言い訳はどうあれ、「ならぬことはならぬもの」であった。

ならぬことはならぬものです。

龍之介たちの心には、その件《くだり》が生まれつきのように植え込まれていた。

「待てというのに、ほんとに龍之介は足が速い」

権之助が息急《せ》き切って駆けつけた。ついで文治郎、九三郎が龍之介の脇にばたばたと走り込んだ。

「やれやれ。やっと追いついた」

「駆けたら腹が減ったぜ」

ほかの藩校生たちがにやつきなら、龍之介たちの脇を抜けて行く。

いつもつるんでいる鹿島明仁の姿がない。

「明仁は?」

「外島さんと話をしている」

「何かあったのか?」

「分からぬ。だが、真剣な顔をして話し合っていたから、きっと重大な問題が起こったのだろう」

「ま、そのうち、明仁から話があるだろう」

龍之介たちは、ゆっくりと歩き出した。

風が吹き、枯葉を散らす。枯葉はまるで小鳥の群れが飛び交わすように乱れ飛んでいる。

「龍之介、おまえ、師範代から、かなり稽古をつけられているな」

「きっと、師範代は龍之介を奉納仕合いに出そうとしているんだ」

この秋には東照宮への奉納仕合いが行なわれることになっている。

「そう。九三郎のいう通りだ。龍之介、おまえが出場すれば、わしら白狼組の誇りだ。白狼から、秋月《あきづき》とおまえの二人も出ることになるんだからな」

同じ什の秋月明史郎《めいしろう》は、師範や師範代から剣の筋がいい、と着目されており、すでに奉納仕合いへの出場が決まっていた。龍之介は、秋月明史郎と仕合いを何度もやっているが、いつも負けていた。いつか、勝とうとは思うのだが、彼はいつも一歩前を進んでいる。

「それがしは出ないよ。秋月と違い、それがしはまだまだ腕が立たぬ。ほかにも出場できる門弟はたくさんいる」

「謙遜《けんそん》するな。おぬしは、道場での席次は二十番に上がっているじゃないか。あっという間にわしらを飛び越えて」

権之助が鼻を鳴らした。九三郎が羨ましげにいった。

「龍之介、おぬし、師範から目を付けられたら、何を習う？　一刀流《いっとうりゅう》か、安光《あんこう》か、それとも真天流《しんてんりゅう》がいいか。何派を選ぶ？」

「それがしが選ぶことはできんだろう。師範や師範代が、決めることだ」

日新館には、藩主や上士たちに教授される一刀流溝口派《みぞぐちは》をはじめ、安光流、太子流《たいしりゅう》、真天流、神道精武流《しんとうせいぶりゅう》といった会津五流の剣術流派がある。それぞれに師範が居り、師範代と協議して、門弟の中から優れた腕前の門弟を抜擢《ばってき》して、流派の剣を教授するしきたりだった。原則として、門弟たちが自らの意志で、五派のうちから好きな流派を選ぶことは出来なかった。

龍之介の場合、師範代の相馬力男《そうまりきお》に目を付けられていた。相馬は一刀流溝口派の目録《もくろく》を取った高弟だ。いずれ、相馬は免許皆伝《かいでん》を受けるものと見られていた。そうなれば、師範になる。相馬だけでなく、安光流の師範代や神道精武流の師範代、真天流、太子流の師範代からも目を付けられているのを感じていた。正直いって嬉しいことだが、それは多分に父牧之介や祖父望月玄馬《げんま》の七光《ななひかり》なのではないか、とも思っていた。

父牧之介は江戸で北辰一刀流《ほくしんいっとうりゅう》の免許皆伝を受けているし、祖父もやはり江戸で鏡新明智流《きょうしんめいちりゅう》免許皆伝の腕前だった。二人の血筋にある龍之介にも、剣の才能があると買い被られているのではないか、と龍之介は思っている。

だが、自分には剣の才能はない。その証拠に、同輩の秋月明史郎に仕合いで一度も勝っていない。秋月明史郎は、すでに一刀流溝口派の師範からみっちりと指導を受けていた。さらに剣の腕を上げている。

龍之介の思いは、やはり藩主も習っている一刀流溝口派を極めたい――だった。

「龍之介が羨ましい。先生たちから目を付けられていて。それに対して、それがしなんぞ、剣術はからっきしだめだ」

五月女文治郎は嘆いた。

「文治郎、おぬしは剣術よりも、砲術《ほうじゅつ》指南の林権助《はやしごんすけ》先生について砲術を学ぼうとしておるのではないか。砲術は算術でもあるといわれている。それを勉強しているおぬしは偉い。それがしにはできぬことだ」

「そうかな」

文治郎は控えめに笑った。彼の顔は自信に溢れていた。きっと大砲奉行・林権助先生の覚えがいいからだろう。

「それがしも、どうも剣術に弱い。弓馬《きゅうば》ならば、なんとかこなせるが」

小野権之助は羞《はず》かしげにいった。

「何をいう。おぬしのように馬をうまく操《あやつ》り、馬上から弓矢で的《まと》を射抜くなど、並みの武士にできることではない。馬術、弓術では、わしらのなかで、おぬしに敵《かな》うものはおらぬ」

龍之介はぽんと権之助の肩を叩いた。権之助も嬉しそうに頭を掻いた。

小野権之助は元服して、日新館を卒業したら、馬廻り組になりたいと願っていた。龍之介の兄真之助の下《もと》で働きたいというのだ。

河原九三郎は胸を張った。

「それがしは、やはり、父上の跡を継いで、鉄砲術を極める。鉄砲の腕では龍之介や文治郎に負けない。これからの時代、戦場では、剣や槍よりも鉄砲が重要になる。そう山本《やまもと》先生もいっておった」

九三郎は、林権助門下の砲術家山本覚馬《かくま》に師事していた。

後からばたばたと走る足音が響いた。振り向くと、鹿島明仁があたふたと駆けて来た。

「おう、みんなここにいたか。待っていてくれてもいいじゃないか。みんなつれないな」

「明仁、やけに真剣な顔で什長と話をしていたじゃないか。だから、話が長引くと思い、お先に失礼したんだ」

小野権之助が言い訳をした。河原九三郎が笑いながら尋ねた。

「何の話をしていたんだ？　まさか掟破りをして什長のお説教か」

「無念《むねん》か、しっぺか、それとも絶交《ぜっこう》か？」

文治郎がどやしつけた。

什の掟を破ると、什仲間からの制裁が科せられた。

いちばん軽い罰が、無念だった。罰を受ける子どもは、みんなに「無念でありました」と頭を下げ、詫びなければならない。無念の意味は、会津武士の子としてあるまじきことをし、会津武士の名誉を汚したことは申し訳ないということだった。

次に重い処罰しっぺは、竹篦《しっぺい》のことで、その重さによって、掌《てのひら》や手の甲にしっぺが加えられる。回数も増える。

さらに重い処罰が、絶交となり、みんなから派切《はぎ》られた。つまり、仲間外れである。こうなると、什との修復はややこしい。絶交された子の父親が、什の話し合いの場に出て来て、什長をはじめ、什の仲間たちに頭を下げて、許しを乞《こ》う。什の全員が許さなければ、絶交は取り消されない。

ほかにも雪埋めにされたり、水掛けをされたり、手を火鉢で火あぶりされたりの制裁があった。こうやって、子どものうちから、掟破りを戒《いまし》め、会津士道を身につけるのだ。

「まさか。掟破りなんてやらないよ」

明仁は笑いながら手を振った。

「じゃあ、何の話だったのだ?」

小野権之助が訊いた。

「外島さんから、一緒に史学《しがく》を学ばないかと誘われたんだ」

「史学?」

小野権之助は龍之介と顔を見合わせた。

「うん。水戸《みと》史学だ。大日本史を読もうという話だった」

「藤田東湖《ふじたとうこ》だな。尊皇攘夷《そんのうじょうい》の歴史か」

龍之介は、藩内に水戸学派の過激な尊皇攘夷論が広まっているのを見聞きしていた。その指導者が藤田東湖と聞いていた。

鹿島明仁は、什の中でも論語読みとして抜きんでていた。什を卒業した後も、日新館の論語などの漢籍《かんせき》の授業で、鹿島明仁は遺憾《いかん》無く、学識を発揮していた。そのため、講師たちから、鹿島明仁は学者の有望株として注目されていた。

「ところで、外島さんから聞いたが、いま城中はてんやわんやの大騒ぎだそうだ。江戸から、また早馬が着き、江戸の惨状がつぎつぎに報告されている」

龍之介は訊いた。

「死傷者の名前は分かったのか？」

「それはまだ分かっていないが、どうやら倒壊した中屋敷では百人以上が死んだらしい」

龍之介は、父上の身の上を案じた。

ふと鶴ヶ城の大手門で騒ぎが起こった。また早馬が一頭、馬蹄《ばてい》を蹴立てて城門の中に走り込んだ。門番たちが慌てて、興奮する馬を押さえ、馬上の使者を下ろしていた。

早馬は、江戸の藩邸から会津若松まで、途中、何度も馬を乗り換え、昼夜、ぶっ通しで走る。そのため、人も馬も消耗し到着と同時に倒れた。

「何頭目の早馬かな」文治郎が呟《つぶや》いた。

文治郎も、おそらく江戸府中にいる父を心配しているのだろう。龍之介は唇を噛んだ。

父上、どうか、ご無事で。

龍之介は心の中で何度も祈った。

四

その夜、城中は遅くまで、人の動きがあり、騒然としていた。龍之介は寝床についたものの、眠れず、まんじりともせずにいた。

兄の真之助は、馬廻り組だ。殿が在所に居《お》られる時には、馬で遠出なさる際には、馬に乗って護衛にあたる。

真之助は真面目に仕事をこなすので、上からの評判はいい。藩主容保《かたもり》様にも気に入られており、いずれ、馬廻り組から、身の回りの世話や護衛を行なう近侍《きんじ》に召し上げられると見られている。父牧之介の影の力も働いているのだろう。

真之助は父譲りの剣の才能があるようだった。日新館の道場の剣術の席次も、常時上位にあり、一刀流溝口派の大目録も受けている。殿が在所に来ている時には、剣術の稽古の相手をさせられていた。

真之助は父に似て、温厚誠実なため部下たちから慕われている。結納《ゆいのう》を交わした許嫁《いいなずけ》もいて、年が明けて殿が在所に戻るのに合わせて、婚姻が行なわれる予定にもなっている。

許嫁は三席家老の一乗寺常勝《いちじょうじつねかつ》の娘結姫《ゆいひめ》だ。兄とは二つ違いの十六歳。結姫は聡明で美しく、藩の若い男たちの間では憧れの的《まと》で、大勢の男たちから求婚されていた。だが、結姫は、その中で兄の真之助の求婚を受け入れた。

実は結姫と兄は、殿の奥方が催した野点《のだて》の会で顔を合わせており、それ以来、密かに文《ふみ》を交わすようになり、相思相愛の仲であった。

三席家老の一乗寺常勝家は、身分が最上級の紫紐《むらさきひも》の常上士《とこ》、知行《ちぎょう》は千二百石取り。それに対して望月牧之介は、若年寄支配の御用所詰めの密事頭取で、身分は黒紐《くろ》格上の上士だが、俸禄は三百石取りだった。

一乗寺常勝は、初め望月家とは、家格も身分も違うと難色を示し、真之助と結姫の婚姻に反対した。

だが、容保様が望月牧之介と真之助親子を後押しし、今後、二人をいろいろな役職に付けて重用《ちょうよう》すると分かると、一乗寺常勝の態度は一変した。常勝は真之助が殿の引き立てで、どんどん出世していくと見たのだろう。

父牧之介も、一乗寺常勝家の娘との婚姻には、あまり気乗りしない顔だった。というのは、父は家老の一乗寺常勝に何度か藩政についての具申《ぐしん》を行なったが、まったく聞き入れられなかった苦《にが》い思い出があった。父は一乗寺常勝は家老として信頼出来ぬ、と洩《も》らしていた。

兄の真之助は、まず父を説得し、次に容保様の信頼が篤《あつ》い佐川官兵衛《さがわかんべえ》に仲人《なこうど》を頼んだ。佐川官兵衛は親しい友である牧之介の依頼ということもあり、一乗寺家に乗り込んで、結姫を望月家へいただけないかと掛け合った。

一乗寺常勝は、兄が思った通り、喜んで婚姻を承諾した。当の結姫は、一も二もなく承諾し、結納を交わすことになった。

母はもちろん、姉の加世も龍之介も結姫と真之助の婚約を喜んだ。加世と龍之介にとっては、美しくて優しい結姫が義姉となることは願ってもないことだった。

龍之介は布団に包《くる》まり、薄暗い天井の格子を見上げながら、悶々《もんもん》として寝つけなかった。

その日、真之助が帰ったのは、明け方近かった。玄関先にいち早く迎えに出たのは、母の理恵《りえ》だった。母もほとんど眠らずに起きていたらしい。

龍之介も急いで起き出し、居間に行った。

真之助は、母の手助けで着替えをしていた。

「なんだ、龍之介、おまえも起きておったのか」

「また早馬が参ったのですか?」

「うむ。だんだん、惨状が分かってきた」

「父上のご様子は？」

「うむ。まだ分からぬ。だが、万が一のことがあると覚悟しておけ。いいな。母上も、いいですな」

母の理恵は何もいわず、うなずいた。母の髪はほつれ、一、二本の毛が額《ひたい》にかかっていた。

「明日も早い。母上も、どうか、それがしにかまわず、お休みくだされ」

真之助は、そういうと、龍之介にも顎をしゃくり、休めと目配せした。

龍之介も、おとなしく兄の言葉に従って、居間から引き下がった。

寝床に入り、しばし微睡《まどろ》んだかと思った時、ゆさゆさと家屋が揺れ出し、龍之介は目を覚ました。だが、揺れはすぐに収まり、耳を澄ましても、夜は静まり返っていたので、龍之介は再び浅い眠りに戻るのだった。

五

隣の教場から、論語を素読《そどく》する大勢の声が聞こえてくる。

龍之介は、机の上に開いた論語に見入った。

黙読する。

「子曰《いわ》く、知者は惑わず。仁者は憂えず、勇者は懼《おそ》れず」

知恵のある者は迷わない。

仁徳のある人は心配しない。

勇気ある人は恐がらない。

龍之介は、心の中で反省した。

自分はあらゆることに迷っている。憂えている。恐れている。そんな己れは、知者でも仁者でも、勇者でもない。

「子曰く、与《とも》に学ぶべし、未だ与《とも》に道に適《ゆ》くべからず。与に道に適くべし、未だ与に立つべからず。与に立つべし、未だ与に権《はか》るべからず」

一緒に同じ学問をすることが出来ても、一緒に同じ道を行くことは出来ない。一緒に同じ道を行くことが出来ても、一緒に同じ位置に立つことは出来ない。一緒に同じ位置に立つことが出来ても、一緒に同じ利益を求めることは出来ない。

龍之介は、その後に続く節を読みあぐねて黙読を止めた。

「唐棣《とうてい》の華《はな》、偏《へん》として夫《そ》れ返せり、豈爾《あになんじ》を思わざらんや、室《しつ》これ遠ければなり。子曰く、未だこれを思わざるなり、夫れ何の遠きことかこれあらん」

この節は、どう解釈したらいいのか？

龍之介はさっと手を挙げた。

他の生徒たちは黙読を続けている。

教壇に座っていた講師の金沢《かなざわ》毅《つよし》が立ち上がり、龍之介の傍らに立った。

「どうした、龍之介」

「これは、どう解釈したら、いいのか、お教え願えませんか」

「うむ、これは孔子《こうし》が後から付け加えた一節だといわれている。孔子の時代に流行《はや》った歌だったらしい」

「流行り歌ですか？」

「うむ。唐棣《にわさくら》の花が風にふわふわと揺れている、わたしの恋のように。おぬしを思うと、ぬしの家があまりに遠くにあるので切ない——ぐらいの意味になるかな」

「そうか。すると、その後の件《くだり》の意味は……」

「龍之介、おまえが解釈してみよ」

「はい。子は曰く、それでは、まだ真剣に相手を思っていないのではないか。もし、本当に相手に恋をしていたら、家の遠さなど少しも感じないはずだ」

「まあ、そんなところだろう。よろしい」

金沢講師は龍之介の肩をぽんと叩いた。

龍之介は、何度も孔子の文を読み返した。いつか、自分も誰かに恋をするだろう。そんな時に、この一節を思い出せばいい。しかし、そんな時がいつやって来るというのか。

太鼓の連打音が轟いた。戟門で打ち鳴らされる、時を告げる太鼓の音だ。

「よし。今日はこれまで。論語第五巻のこの第九の子罕《しかん》篇は、よく素読し、意味が分かるまで素読を何度もくりかえせ。読書百遍義おのずからあらわるだ。いいな」

金沢講師はそういって結んだ。

生徒の長が叫んだ。

「礼！」

「ありがとうございました」

龍之介たちは一斉に叫び、頭を下げた。

休み時間になった。

次は、龍之介たち三回生は、乗馬鍛練の時間だった。

日新館に併設して錬兵場《れんぺいじょう》を兼ねた広大な馬場がある。埒《らち》で四方が囲まれており、埒内を一周すると、およそ半里（二千メートル）は十分にある広さの馬場だ。埒を越えれば、裏に原生林が広がっている。

龍之介たちは、木枯《こが》らしが吹く外に走り出て、日新館道場脇に立つ厩舎《きゅうしゃ》に急いだ。生徒たちは厩舎の脇の小屋に入り、それぞれ乗馬用の袴や衣類に着替えた。

「おい、龍之介、聞いたか？」

五月女文治郎が袴に足を通しながら、龍之介に話しかけた。

「なんのことだ」

「どうやら、至急に腕利きの大工や鳶職《とびしょく》、力仕事の土方たちを掻き集め、江戸へ送るらしい。普請奉行《ふしんぶぎょう》自らが江戸に上り、工事の指揮を執るそうだ」

龍之介も兄から聞いていた。

会津藩は家老会議で、地元から、大工や鳶、鍛冶《かじ》、左官などを集めて、江戸へ出すことを決めた。被害の実態は、日を追って、その酷さが判明した。

当初に伝えられた通り、藩の江戸上屋敷はほぼ全壊し、中屋敷も屋根ごと潰れて全壊し、藩士とその家族百五十人余が圧死、二百人以上の負傷者が出た。下屋敷や蔵屋敷なども、全半壊し、そちらも町人を含む多数が死傷した。その人数はまだ確定しない。

だが、龍之介たちにとっては朗報もあった。

早馬の使者によれば、望月牧之介は無事、怪我もしていないと家族に伝えてくれという伝言を預かっていたのだ。父は藩主の容保様の用人として、被災現場から怪我人や死者の収容の指揮をしている、との由《よし》だった。

兄の真之助はもちろん、父の無事を祈って、密かに八幡《はちまん》様にお百度参りをしていた母の理恵や姉の加世は大喜びだった。龍之介もまた、父上の無事を聞き、自然に頬が緩《ゆる》むのを感じた。

日新館の生徒たちの中には、父親を亡くしたり、瀕死《ひんし》の怪我を負った者が何人もいたので、日新館には黒白の幕が張られて、喪に服していた。それだけに、龍之介は嬉しさを顔に出すのを控えざるを得なかった。

河原九三郎も聞き込んだ話を龍之介たちに話した。

「山奉行が配下の者たちを総動員し、地元で大勢の杣人《そまびと》たちを集め、黒川《くろかわ》沿いの渓谷に送り込むそうだ」

「杣人たちを集めて、いったい、どうするつもりなのだ?」

小野権之助が訳知り顔でいった。

「会津杉や檜《ひのき》を大量に伐採《ばっさい》したり切り出して、江戸に送る」

「しかし、どうやって切り出した材木を江戸へ運ぶのだ。あんな山の中から、運び出すことはできないだろう」

「おまえ、郡《こおり》奉行になれないな。山のことも川のことも知らないのだからな。切り出した丸太は黒川《くろかわ》に流すんだ」

「黒川に流すだと」

「そうだ。黒川は下れば那須の麓《ふもと》で余笹川《よささがわ》と合流し、さらに下れば黒羽藩領《くろばねはん》で、本流の那珂川《なかがわ》と合流する。あとは川の水量が豊富なので、丸太を筏《いかだ》に組んで那珂港まで下ろすことができる。そこからは少々難儀ではあるが、荷車や馬車で霞ヶ浦《かすみがうら》や北浦《きたうら》に運ぶ。霞ヶ浦や北浦は利根川《とねがわ》水系に繋がっている。また筏を組んで、利根川を少々溯《さかのぼ》り、運河を使って江戸川に流す。江戸川を下れば江戸湾の木場《きば》に至る」

「江戸まで、ずいぶん手間暇がかかるものだな」

「そうやっても、江戸は大火の度《たび》に材木の需要は増える。今度の江戸大地震でも、かなりの屋敷や家屋が倒壊したり、火災で燃えた。復興するためには大量の材木が必要になる。それを見込んで、材木問屋は、山奥の材木を切り出して、江戸へ送って一儲けも二儲けもする。大震災の後、江戸では建材木不足で材木の値段がうなぎ登りになっている。木材ばかりか、米の値段も上がっている。この機を逃さず材木商人や米商人たちは手ぐすね引いて、大儲けを企んでいるのだ」

「汚い連中だな。人の不幸で金儲けするなんてな。そんな卑怯《ひきょう》な連中は成敗《せいばい》すべきだ」

龍之介は腹立ちまぎれにいった。

「そうはいっても、我が会津藩も、この機会にとばかりに、材木商人や米商人を使って、材木や米を大量に江戸に送り込み、屋敷が全平壊した他藩に売り付けて財政を黒字にしようとしている。だから、人助けにもなるのだから、材木商人や米商人を非難するわけにはいかないぜ」

がらりと扉が開いた。

「おい、そこのおまえたち、何をぐずぐずしておる。すぐに馬を引いて馬場に出ろ」

乗馬服に身を固めた助教が龍之介たちを怒鳴りつけた。手にした鞭《むち》でぴしりと土間《どま》の柱を叩く。

「いけねえ」

「急げ」

龍之介たちは、飛び上がって外に出た。馬丁《ばてい》たちが龍之介たちの馬を用意して厩舎の前に立っていた。同じ三回生で別組の秋月明史郎やほかの生徒たちは、すでに馬の轡《くつわ》を取って、馬場に向かいはじめていた。

龍之介は、まだ乗馬の初心者だった。かつての武士は弓を引くことと馬を乗り熟《こな》すことが必須《ひっす》だったが、いまは戦国時代ではない。黒船来航で、世の中物情騒然とはしているが、武士は、弓術や馬術の鍛練はしないでもすむ。それだけ平穏な時代というわけだ。

小野権之助は、将来、馬廻り組を目指しているだけあって、龍之介たち五人のなかでは抜きん出て乗馬が上手《じょうず》で、教官から乗馬上級者とされていた。

口惜《くちお》しいが、隣の組の秋月明史郎も小野権之助ほどではないが、乗馬が比較的上手《うま》く、乗馬中級者の位を取っていた。

龍之介も鹿島明仁も、河原九三郎、五月女文治郎も、馬に乗ることについては、乗馬初級者で、馬については詳しいものの、その割りに乗馬は下手《へた》だった。

龍之介と明仁は、乗れば決まって落馬を繰り返していたし、二人を馬鹿にして笑う九三郎と文治郎も、馬に乗るというよりも、馬の背に乗せてもらっているというほど腰が引けていた。

乗馬の教官である里見剣太郎《さとみけんたろう》は、龍之介たちの乗馬を一通り見て廻ると、小野権之助を五人の馬術班の長とし、指導するように命じて、ほかの乗馬班の見回りに出かけた。

「おい、みんな、これより、里見剣太郎先生の命《めい》で、それがしが班長になる。それがしの命に従えない者は、什の掟破りと同じ罰を与える」

「ええー」「そんなばかな」「横暴だ」

龍之介たちは、口々に文句をいった。

「黙れ黙れ。それがしが大将だ。まず、おれの乗り方を真似して続け。全員、一列縦隊になり、並み足で一周する」

「誰が二番になる？」龍之介が声を上げた。

「おれだろう」河原九三郎が手を上げた。

「いや、ジャンケンで決めよう」

明仁が手を出した。みんなが集まろうとした。

「おれが大将だ。おれが決める。いいか、みんな馬に乗って用意しろ」

小野権之助がひらりと馬に飛び乗り、叫んだ。

龍之介は仕方なく、馬の鐙《あぶみ》に足をかけ、馬の背に攀《よ》じ登った。

「龍之介、そいつはブチだ」

「なんで、ブチなんだ？」

「茶色、黒色、白色が混じっているだろう。だからブチの馬だ。ブチだと馬も自分の名を覚えている」

「そうか。ブチか」

龍之介は「愛馬」ブチの背に大股を開いて跨《また》がった。

「どうどうどう」

龍之介は覚えたての掛け声でブチを宥めた。

ブチは長い耳を龍之介に向けて、ひくひくと神経質に動かしていた。龍之介はブチの首を撫でて、よろしく、と話しかける。

小野権之助は、五月女文治郎の馬にクロ、河原九三郎の馬にはおっさん、鹿島明仁の馬には、小百合《さゆり》という名を付けた。クロは黒馬だったから、おっさんはいかにも年寄り然とした馬だったからだと分かる。小百合という名は、見るからに優しそうな牝馬《ひんば》だったためだ。

ちなみに、小野権之助が乗る馬は、疾風《はやて》と付けてあった。いかにも走りそうな筋肉質で気が強そうな馬だった。

ブチと小百合は御《ぎょ》し易《やす》く、初心者でも乗ることが出来る性格のいいおとなしい馬だった。龍之介と明仁が乗る度に、落馬するので、小野権之助は教官と相談して、厩舎の中から特別に選び出した二頭だった。

「二番明仁、三番龍之介、四番九三郎、しんがり五番文治郎の順だ。いいな。順番を忘れるな。出発」

小野権之助は馬上で振り返り、怒鳴ってから、隊列の先頭に疾風をゆっくり歩かせはじめた。

堂々たる小野権之助の疾風の後から、明仁と小百合、龍之介とブチ、九三郎とおっさん、最後尾に文治郎のクロが首を垂れて静々と続く。

馬場を見回すと、ほかの班は馬を駆けさせたり、障害物を飛び越えさせたりしている。龍之介は、それに引き換え、並み足（常歩）で進む隊列にため息をついた。

「ほかを見るな。おれたちはおれたちの馬の乗り方で行く」

権之助は大声で後続の龍之介たちを励ました。

「焦《あせ》るな。馬と一体になるんだ。人馬一体になれば、馬を御《ぎょ》するのは易い」

馬と一体になる？　並み足でも、自然に尻が馬の背で躍る。常歩でも、落ちそうだ、と龍之介は茶茶を入れたくなったが、ブチが振り向き、大きな目でじろりと睨まれると何もいえなかった。

　どうやったら、乗馬が上手くなるのか、を考えているうちに、だんだんと馬の背に揺られるのに慣れはじめた。

　やがて常歩で埒内を歩き、ほぼ一周すると、権之助は馬上に伸び上がり、振り向くと「速歩《はやあし》だ！　続け」と怒鳴った。とたんに疾風の足が速くなり、それに連れて、明仁の小百合の足も速くなった。

　続くブチの足も、小百合に追い付こうと速くなる。

「おーい、権之助、待ってくれ。こいつ動かない」

　四番手のおっさんに乗った九三郎が泣きそうな声でいった。

　いきなり、権之助は疾風の首を返して、先頭から外れさせ、九三郎のおっさんの脇に並んだ。

「軽く、そっと鐙で腹を蹴る。そっとだぞ。手綱《たづな》はしっかり持って。両膝で馬の軀を絞める。みんなも、同じことをしろ」

　龍之介は権之助にいわれた通りに、両膝を絞めた。本当は絞めてはいないのだが、膝を絞める気持ちになると、馬と密着する気分になる。速歩で走り出すと、自然に馬の背で尻が上下し、馬の動きに合わせて軀が弾む。

「いいか。龍之介、いいぞ。そのままいけ。膝を緩めるな。緩めると落馬するぞ」

「ああ」

先頭の明仁が悲鳴を上げて、馬の背から滑り落ちた。慌てて、小百合の手綱を掴み、再度鐙に片足をかける。

「だから、いったろう。膝を絞める」

権之助は明仁の腕を掴まえ、馬上に引き揚げる。

「速歩、続け」

権之助は鐙で軽く馬の腹を蹴った。疾風が速歩で急ぎはじめた。

今度は最後尾の文治郎が悲鳴を上げ、クロの背から草地に転がり落ちた。

権之助は最後尾に駆け戻り、文治郎に声をかける。

龍之介は、速歩で馬を行かせながら、気持ちがよくなった。目の前を明仁の小百合が速歩で行く。その後を追って、ブチを歩かせる。軀の動きがブチの動きに合わせてしなやかに動く。

「よおし、九三郎と文治郎は、速歩を続けろ。明仁と龍之介は、おれに続け」

また権之助の疾風が先頭に立った。

「速歩が慣れたら、駈け足！　続け」

権之助は鐙で腹を蹴った。龍之介も真似をして、両鐙でブチの腹を軽く蹴った。いきなり、ブチは権之助の疾風を追いかけて走り出した。ゆっくりだったが、鐙を踏ん張り、腰を軽く浮かせないとブチの動きに合わせられない。だが、すぐにブチの動きに合わせて、軀を上下させることが出来た。

「龍之介、その通り。そのまま行け」

「了解」

龍之介は手綱を軽く緩め、鞍《くら》の柄を摑んで、ブチを駆けさせた。気持ちがいい。空を飛んでいる気分だ。

後ろで悲鳴が上がった。ちらりと振り返ると、後ろを付いて来るはずだった明仁がまた落馬していた。

「龍之介、今度は襲歩《しゅうほ》だ」

「襲歩？」

「手綱をしっかり持って、鐙で強く両脇を蹴る。走り出したら、尻を鞍から浮かせろ。鐙に乗せた足を踏張って、馬の動きに合わせろ」

龍之介はいわれた通りに、手綱をしっかり持ち、鐙でブチの両腹を蹴った。

いきなり、ブチは駆け出した。龍之介は後傾姿勢になると、手綱を握ったまま、ブチの尻から滑り落ちた。草叢《くさむら》に腰から落ち、尻を強《した た》かに打った。

「ばかやろう、走り出したら、前傾姿勢にならなければ、落ちるに決まってる」

権之助の嘲笑《ちょうしょう》する声が響いた。龍之介は強かに打った尻を撫でながら、握った手綱を引き、ブチを引き寄せた。ブチは独特の大きな丸い目で、龍之介を蔑《さげす》むように睨んだ。ぶるぶると鼻を鳴らして笑った。

「ちくしょうめ」

龍之介は鐙に足を掛け、勢いよくブチの背に上った。

「おれは怒ったぞ」

龍之介は手綱を引き寄せ、呼吸を整えた。

「龍之介、大丈夫か」

「大丈夫、落ち慣れている。今度こそ」

龍之介は手綱をしっかり握り、思い切り両鐙でブチの腹を蹴った。同時に両鐙に全身の体重を乗せ、前傾姿勢になった。ブチは風を切って走り出した。

腰を浮かせているので、不安定だったが、なんとかブチの走る動きに軀を合わせることが出来た。

「よし。上出来だ。そのまま、馬を走らせろ。いいぞ」

脇を並走する疾風の馬上から権之助が声をかけて龍之介を励ました。

龍之介は馬上で馬の律動に合わせ、軀を上下させながら、必死に食らい付いた。だんだんと馬の動きに慣れると、前傾姿勢をあまり取らなくても楽になってくる。

耳元をびゅーびゅーと風切り音が響いた。

速い。まるで、中空を飛んでいる気分だ。龍之介は乗馬が好きになりつつあった。これで落馬さえしなければ。

ふと、ブチが草叢を飛び越えて跳ねた。その一瞬、後傾姿勢になった龍之介は、またも背後に転がり落ちた。

今度は背中を地べたに打ち付け、息が止まった。あたりが暗くなっていく。

それも一瞬だった。気付くと、背に膝を押し当てた権之助が気合いもろとも活《かつ》を入れていた。龍之介は息を吹き返した。

「どうだ、痛いか」

「痛む。打ち身は痛いに決まっている」

龍之介は顔をしかめた。周囲に心配顔の文治郎、九三郎、明仁が揃って覗き込んでいた。

「やっぱ、乗馬は、おまえに向いてないんじゃないか」

九三郎がいった。文治郎がうなずいた。

「だよな。龍之介、懲りたろう」

「いや、懲りない。気に入った。おれ、乗馬をやる。ブチが気に入った」

傍らでブチが知らぬ顔で、草を食《は》んでいた。

小百合もクロもおっさんも、龍之介のことなどそっちのけで、草を食んでいる。

「いやあ、龍之介、おまえ、上手くなった。こつを摑んだんじゃないか。ほかの三人はともかく、龍之介は乗馬の素質がありそうだな」

権之助が明るく笑った。疾風がぶるぶると鼻を鳴らして同意していた。

龍之介は腰を擦《さす》りながら、立ち上がった。

「ブチ、来い」

龍之介はブチに声をかけた。ブチはじろりと龍之介を見たが、また無視して草を食み続けた。

六

江戸大地震から七日が過ぎた。

会津藩の執政は徳川《とくがわ》幕府の親藩ということもあって、救済資金を供出したり、備蓄米を放出したり、建設用材木を送ったりした。あらゆる救援策を打ち出した。

父牧之介が江戸詰めになっている望月家も、救援活動に無縁ではおられず、藩から真之助に江戸出張の命令が出た。馬廻り組として、江戸に行き、容保様の警護に服せという指示だった。

玄関先に、きりりとした旅姿の格好の真之助がいた。母の理恵と姉の加世、そして許嫁の結姫の三人が式台に正座し、見送りに出ていた。真之助に付いていくのは、護衛役の若侍の榊《さかき》大介《だいすけ》、若党の長谷忠ヱ門《はせちゅうえもん》、それに中間《ちゅうげん》の坂吉《さかきち》だった。馬廻り組の一行は、すでに江戸に出立《しゅったつ》している。

理恵は擦《かす》れた声でいった。

「真之助、くれぐれもお体には気をつけてくださいね。江戸は悪い風邪《かぜ》が流行っているということですから」

「母上、大丈夫です。それがし、体力だけは誰よりもございますゆえ」

真之助は式台に腰を下ろし、乗馬用の西洋靴を履き、紐を締めていた。傍らに下女のミキが珍しい靴の履き方に興味津々《しんしん》の顔で睨んでいる。

「兄上、江戸に着いたら、筆無精のお父様に、手紙を書くようにいって。お母様が心配しているって」

「うむ、分かった」

真之助は式台の片隅に正座している結姫に向いた。

「結殿、では、行って参る」

結姫はしっかりと大きな目で真之助を見つめた。それから、三指を突き、深々と頭を下げた。

「真之助様、どうか、ご無事で。お帰りをお待ちしております」

「うむ」

真之助はしっかりとうなずいた。

表で馬が地面を足先で掻く音が響いた。

「では」

真之助は母や結姫、加世にちらりと目をやり、くるりと背を向けると、大股で玄関を出て行った。若侍や若党、中間が後に続いた。

龍之介は式台から下りて、下駄を履いた。

表玄関の外に出ると、ちょうど真之助が馬に跨がるところだった。

門番が門扉《もんぴ》を押して開いた。

馬上の真之助は胸を張って、堂々たる態度で出発した。轡を取った中間が、静々と馬を引きながら、門から通りに出た。真之助の馬の後ろに、若侍、若党が続いて歩く。

龍之介は真之助の後ろ姿を見送った。いつの間にか、母や姉、結姫も門外に出て、真之助の一行を見送っていた。誰も無口で、何もいわなかった。

龍之介は、兄に付いて江戸に行けばよかった、といまごろになって悔やんでいた。もちろん、事前に兄に、ぜひ自分も連れて行ってほしい、と懇願《こんがん》した。兄は優しく諭《さと》すように龍之介にいった。

「おぬしが、それがしと一緒に江戸に行ったら、望月家には頼りになる男手がいなくなる。それでは、母上や加世が可哀相だろう？　それがしが戻って来るまで、おぬしが望月家の主《あるじ》だ。それを心得て行動しろ。いつまでも、子どもではいられないぞ」

龍之介は道場の壁に寄りかかり、兄真之助からいわれたことを思い出し、ひとり物思いに耽《ふけ》っていた。

「おい、きさま、我らが神聖なる日新館の道場で、いったい何をしておるのだ」

龍之介ははっとして顔を上げた。見覚えのある上級生の顔が睨んでいた。

嵐山光毅《あらしやまこうき》。筆頭門弟として、上級生にも下級生にも顔を知られている。

うらなりびょうたんのような顔が怒鳴った。

「きさま、下級生の分際で、我ら上級生の稽古を覗きに参ったのか」

いつの間にか、嵐山光毅は姿を消していた。周囲に見知らぬ上級生の顔が並んでいた。全員、剣道の稽古着姿で、竹刀を持っている。

「し、失礼いたしました。稽古が始まるとは思わずに、つい、ここで」

龍之介は内心、しまった、と思った。

午後の時間は、上級生の稽古が始まると分かっていたのに、引き揚げもせず、稽古着姿のまま壁に寄りかかって、つい転寝《うたたね》してしまった。昨夜、遅くまで、兄の出立の準備を手伝っていたため、昼間に睡魔に襲われたのだった。

「おい、下級生、おぬし、什の掟を忘れたのではないか？」

「いえ。忘れてはおりません」

「ならば、七つの掟、いうてみい」

「はい」

龍之介は正座し、大声でいった。

「一、年長者のいうことに背《そむ》いてはなりませぬ。

一、うそをいうことはなりませぬ。

一、卑怯な振る舞いをしてはなりませぬ。」

龍之介はついで、一際《ひときわ》大きな声を張り上げて叫んだ。

「一、弱い者をいじめてはなりませぬ！」

目の前の上級生たちは、龍之介の声があまりに大きかったので、慌てて両手で耳を覆った。

獰猛《どうもう》なイヌの顔を思わせる先輩がいった。

「それから？」

「一、戸外で物を食べてはなりませぬ。

一、戸外で女子《おなご》と言葉を交えてはなりませぬ。」

「それから？」

「ならぬことはならぬものです！」

上級生たちは、顔を見合わせて、嘲《せせ》ら笑った。

「なんだ、知ってんじゃねえか」

「だけんど、おまえは、什の組員じゃああんめえ。什の掟は、日新館に入る前の、幼年生の心構えを謳《うた》ったものだべ」

「おまえ、日新館の生徒だよな」

「はい。日新館の生徒です」

「年長者に向かって、ですはないだべ。生徒でありますだろう」

「生徒であります」

別のいじわるげな顔の男がいった。

「日新館に入ったら、日新館の掟があるのは知っているよな?」

「はい」

龍之介は、胸を張った。掟は全部暗記してある。いえ、といわれたら、立て板に水のように、すらすらと全部いってやる。

「おい、永井《ながい》、こいつに全部いわせるんじゃあるまいな」

「よせ。つまらぬ。時間の無駄だ」

「こんなことをしているうちに、先生が来るぜ」

いじわるそうな細い顔の男が目を糸のように細めて訊いた。

「おい、下級生、おまえの名前は?」

「望月龍之介であります」

「おまえが望月龍之介か」

上級生たちは顔を見合わせた。目に動揺の光が走っていた。

それがしのことを知っている？

なぜ、それがしのことを知っているのか？

上級生の一人が気を取り直して、龍之介に詰め寄った。

「生意気な下級生め。目上の者をこけにしおって」

「それがし、そんなことはしません」

「うるせえ。おまえの態度が、そうなんだよ。じゃあ、訊く。日新館の掟の最も大事な掟は何だ？」

「それは……」

龍之介は、はたと困った。ワナだ、と思った。日新館の掟は、全部で十七項ある。そのうちの、どれか一つを上げても、上級生たちは、待ってましたとばかりに、別の項を上げるだろう。そうやって、下級生をいびるのだ。

「いえんのか、望月」

「十七項の全部が大事です。どれ一つとして疎《おろそ》かにはできません」

上級生たちは、顔を見合わせて笑った。

「じゃあ、望月に訊く。日新館の掟は、要するに何をいっている？　その精神を一言でいえ」

やや小ずるそうな目の上級生がにやつきながら訊いた。

一言か。敵も考えたな。掟をちゃんと理解していれば、一言でいえるはずだ、ということだろう。一言でいえねば、またねちねちと嫌味ななぶり方をして来る。

「一言でいえば、それは……」

「それは、何だ？」

上級生たちはおもしろがって龍之介をいたぶるように注目した。

「……父母や目上の者を敬え、ですッ」

上級生たちは顔を見合った。

「こら、おまえたち、そこで何をしておるか」

師範代の相馬力男が竹刀を手に仁王立ちしていた。

上級生たちは、こそこそと周囲に散って逃げた。

「なんだ、龍之介。おまえは、ここで何をしている？」

龍之介は、周囲から強い視線が集中するのを感じた。師範代に告げ口したら、後でただでは済まないぞ、という無言の圧力だった。

「はい。ここで、上級生たちと意見の交換をしていました」

「意見の交換だと？」

師範代は訝《いぶか》り、小声でいった。

「龍之介、正直にいえ。おまえ、みんなに捕まって、ここでいたぶられていたんじゃないのか？　それがしが来なかったら、みんなに竹刀で袋叩きにされていたんじゃないか」

龍之介は、頭を左右に振った。

「いえいえ。江戸大地震で、我が藩の藩邸がいくつか全半壊したと聞きました。それだけでなく、江戸の庶民は、家を失ったり、焼け出されたりして、困っているのではないか、と。我々日新館の生徒も、少しは江戸の人々の身になって、助けの手をのばすべきではないか、と。そんな話をしていたのです」

「ほほう。あいつら、ワルの上級生が、今日はやけに高尚《こうしょう》なことをいうんだな」

師範代は苦笑いした。

「ともあれ、わしは龍之介を奉納仕合いに、代表の一人として出場できるように指南役に申し上げておいた。そんなおまえが、袋叩きにあって怪我したら困る。自重するんだぞ」

「はい。ご心配をおかけして、申し訳ありません。今後は気をつけます」

龍之介は、そう話しながら、鋭い視線がずっと自分にあてられているのを感じた。その視線の跡を追って行くと、竹刀を肩に担ぎ、こちらを睨んでいる上級生の男に行き着いた。

龍之介と視線が交わると、上級生の男は唇を引きつらせるように歪ませ、にたにた笑った。その不敵な笑みに、龍之介は本能的に恐怖を覚えた。

男はへらへらと笑い、竹刀を持ち上げ、龍之介に真っ直ぐに向けた。

「う？」

師範代が龍之介の異変を感じ、上級生の男を振り向いた。上級生の男は、ついっと目を逸らし、背中を見せた。

「龍之介、あの上級生には気をつけろ。何年も留年し、日新館に居座っている。わが道場のはみ出し男だ。やつは安光流師範安藤主馬《あんどうしゅめ》様の弟子だが、邪剣《じゃけん》を使う」

「あの人の名前は？」

「仏光五郎《ほとけみつごろう》という男だ」

仏光五郎が竹刀の先をこちらに向けて、口を動かして何かをいった。龍之介は仏光五郎の口の動きを真似た。何といったのかが分かった。

いつか、おぬしを倒す。

声は出さなかったが、仏光五郎はたしかにそう口で呟いていた。

なぜ、それがしは狙われるのだ？

師範代の相馬力男がいった。

「龍之介、今日の夕方、再度、道場に参れ」

「は、はい」

なぜ、という言葉は飲み込んだ。

「稽古をつけてやる。おぬしは、代表の一人に選ばれる。だが、まだ最後のツメが甘い。おぬしに一刀流溝口派の極意を教える。よいな。必ず来い」

相馬師範代は、それだけいうと、顎で道場から出て行けという仕草をした。

龍之介は相馬に一礼し、さらに正面の神棚に向かって、再度一礼してから、道場を出た。首筋に、いくつもの刺すような視線が浴びせられるのを感じた。一つは仏光五郎の視線、もう一つは嵐山光毅のそれだ。さらに、もう一人の冷たい視線を感じ、龍之介は道場の玄関の式台の上で、さっと振り返った。上級生の門弟たちの稽古が始まっていた。三人目の視線の主は分からなかった。だが、たしかに、第三の目の人物はいた。

道場の控え室で、着替えをしながら、龍之介は、首筋に残る視線の痕《あと》を忘れるように努めた。

七

龍之介は日新館からの帰りの途中、小野権之助の家を訪ね、話があるといって外に呼び出した。権之助の父小野大吉《だいきち》は元郡奉行で、いまは御蔵入郡奉行の要職にあり、俸禄は二百石取りだった。

「なに、上級生たちに捕まっていびられたのか。よく袋叩きにならなかったな。師範代様様だな」

小野権之助はにやにやと笑った。

「彼らこそ、什の掟を忘れている。弱い者いじめはしてはならない、とあったじゃないか」

「什の掟は、骨の髄まで染み透《とお》っているが、絶対に守らねばならないものでもない。一応の規範だからな」

「いや、それがしは、そうは思わぬ。ならぬことはならぬものだ」

「龍之介、おまえはまだ子どもだな。あの什の掟は、実際の世の中で、なかなか守られていないから、ああやって何も知らない子どものうちから、教えを叩き込み、大人になっても、礼節を守るような人間の世の中にしようとしているんだ。いわば理想だよ」

龍之介は小野権之助の話を聞きながら、いや違う、やはりならぬことはならぬものだ、と思うのだった。

「龍之介、ところで、話というのはなんだ？」

「上級生については、おぬしはよく知っているだろう。門弟筆頭の嵐山光毅は、どういう男なのだ？　それがし、嵐山の取り巻きから吊し上げを食った」

「だが、嵐山は後ろに引っ込んだろう？　彼はお山の大将なんだ。嵐山光毅のオヤジは、嵐山仁兵衛《じんべえ》といって藩の郡奉行をしている。俸禄はたしか百五十石だった」

「そうか。郡奉行の息子だったのか」

「ほかには？」

「仏光五郎が、それがしに竹刀の筒先を向け、口でおまえを倒すと挑発《ちょうはつ》していた」

「そうか。仏光五郎に目を付けられたか。あいつは気をつけろ。相手を倒すのに手段を選ばぬやつだ。噂では、やつは地方の道場破りをやっている。道場の看板を取り戻したかったら、カネを出せ、とな。これまで、道場主四人がやつと闘って敗《やぶ》れ、大怪我をしている」

「まだ日新館の門弟だというのに、そんなに強いのか？」

「やつの恩師は、安藤主馬師範だが、老齢なので、仏光五郎を押さえ付けることができないので、困っている」

「辞めさせることはできないのか？」

「日新館道場の剣の指南は、それぞれの流派の師範が行なう。他派の師範が口を出さない、というのが不文律《ふぶんりつ》なんだ」

龍之介は考え込んだ。

夕陽が鶴ヶ城を照らしていた。周囲の紅葉した林の上に超然と聳《そび》え立つ姿は神々《こうごう》しかった。

まもなく太陽は西の山嶺に没して姿を消す。あたりが次第に黄昏《たそがれ》はじめていた。

「正体は分からなかったが、もう一人、それがしに鋭い視線を当てていた人物がいた。それがしを憎むような人物がほかにいるのだろうか？」

「そいつは見ることができなかったのか？」

「うむ」

「気のせいではないか？」

「気のせいだったらいいが、その視線を浴びせかけられていた時、嵐山や仏よりもはるかに強烈な殺気を感じたのだ」

「殺気ねえ」

権之助も困った顔をした。

龍之介は謝《あやま》った。自分でも分からない相手のことを権之助に尋ねても分かるわけがない。

「ところで、龍之介、前に話したろう。飯盛山に見えた光の柱について」

「うむ」

「天狗がいるという話も覚えているか」

「覚えている」

「今度、探険に飯盛山に行ってみようと思うのだが、龍之介も一緒に行かないか。どうも気になって仕方がないんだ」

「何を気にしている？」

「時斎の婆さんの話だ。火柱を見た人は、悲運に見舞われるといっていた」

「イタコの話だろう？　迷信だよ。気にするな」

「いや、気になるんだ。実は、みんなにまだ話してないことがあるんだ。時斎の婆さんは、火柱を見たことをいいふらすと、その人は死ぬというんだ」

「そんな馬鹿な話はないぜ。どうして、死ぬっていうんだい?」

「時斎の婆さんは、その時、いったんだ。もし、その呪いを解きたいなら、直接、山を訪ね、火柱を上げた天狗に会えというんだ。会って天狗を倒せば、死の呪いは消えてなくなるとな」

「そんな話を信じるのか?」

「信じたくないが、気持ち悪いだろう? ほんとに天狗が火柱を上げたのかも知りたいじゃないか。天狗を退治しないでも、呪いは消せるかも知れない」

「迷信だと思うがなあ」

「頼む。一生の願いだ。一緒に飯盛山に行ってくれないか。おれ一人では行きたくない」

「分かった。一緒に行ってやるよ。おれも、天狗の正体が知りたい。なぜ、火柱を上げたのかの訳も訊きたい」

「ありがとう。恩に着る」

権之助は龍之介の手を握り、感謝した。

「その代わり、龍之介には、馬術をしっかり教える。龍之介は乗馬の筋がいい。教え甲斐《がい》がある」

権之助は安堵《あんど》で、ほっとして顔を綻《ほころ》ばせた。

第二章　日新館《にっしんかん》の武芸

一

翌日の午後、龍之介は小野権之助と連れ立って、日新館の道場を抜け出し、飯盛山に向かった。

飯盛山は鶴ヶ城のほぼ北にあって、まるで飯を盛ったような形の山だ。飯盛山は周囲を深い森に囲まれていた。

二人は森の中に踏み込み、坂道を登った。山の中腹には正宗寺《しょうそうじ》が建っている。正宗寺には三匝堂《さんそうどう》と呼ばれる奇妙な構造の仏堂があった。内部が螺旋《らせん》階段の回廊になっていて上る人と下る人はすれ違うことがない。回廊には三十三観音や百観音などが配列されていて、順路通りに堂内を巡れば、巡礼が出来るようになっている。

龍之介は、父に連れられ、兄と一緒に三匝堂を巡ったことがあった。先に上った人が下りて来るはずなのに、戻るまで誰ともすれ違わなかったので不思議に思ったものだった。

その正宗寺を抜けると、裏手は急に人気《ひとけ》がない深い森になっている。森の中に延びる小道は、そこからつづら折りの坂道になって山頂に至っている。

龍之介は坂を登りながら、辺りを見回した。

木々の葉は黄色や真っ赤な色に染まり、風に吹かれて、かさこそと音を立てて騒《ざわ》めいていた。

樹間には小鳥たちの影がちらつき、囀《さえず》りも聞こえる。だが、夏の盛りの賑やかさはない。ひよどりや四十雀《しじゅうから》の姿はめっきり少なくなっている。きっと小鳥たちは寒さを避けて、山を下り、もっと暖かい土地に移動したのだろう。

龍之介は時々坂の途中で足を止め、胸いっぱい、森の空気を吸い込んだ。草や花の匂い、新鮮な木々の薫りが鼻孔を刺激する。

風は北風で、頬を切るように冷たい。だが、急な坂道を登る二人にとっては、汗をかいて、火照《ほて》った軀《からだ》を冷やす快い涼風だった。

坂の途中、木々の葉の間から鶴ヶ城の天守閣が見え隠れしている。

小野権之助はしきりに辺りを気にして見回していた。

「昼間だと、天狗は出て来ないのかな」

龍之介は笑った。

「天狗がいれば、昼も夜も区別なしに出て来るさ。夜だけに限ってうろつく天狗はいないだろう」

龍之介は天狗がいるという話を端《はな》から信じていなかった。権之助が恐がって一人では飯盛山に来られないというので、一緒に来ただけだ。

飯盛山に、そんな天狗がいないと権之助が自分の目で確かめれば、権之助は時斎の老婆の予言を信じなくなるだろう。

そもそも飯盛山は龍之介にとって、自分の庭のようなものだった。

龍之介は稚《おさな》いころ、しばしば兄に連れられて飯盛山に登って、森や林の中を駆けずり回っていた。兄いわく、磐梯山《ばんだいさん》の修験者たちが行なう山岳剣法の荒行《あらぎょう》だといっていたが、いまはそう思わない。ただ、子ども時代に山野を駆け巡ったのは、足腰の鍛練になり、後に剣術や体術、棒術の稽古に役立ったことは確かだった。

龍之介と権之助は山道を登り切り、山頂の社《やしろ》に辿り着いた。急ぎ足だったので、二人とも少々息が切れ、ぜいぜいと息を弾ませた。

飯盛山の頂《いただき》は、社の周りが草の空き地になっていて、木々が疎《まば》らになり、樹間から鶴ヶ城や会津若松城下の町並が一望に出来た。

「権之助、おぬしが見た火柱は、山のどの付近だったのだ?」

「暗くて、よく分からないが、たぶん、この山頂付近だったように思う」

龍之介はあたりの草地を見回した。

社の傍《かたわ》らに、焚火の跡があった。龍之介はしゃがみ込み、薪《たきぎ》の燃え滓《かす》を手で拾って調べた。消し炭は決して古くはない。やはり、あの地震の夜、ここで誰かが焚火をしていた、ということか。

突然、近くの森の中から凄まじい気合いが聞こえた。それも、一度ではなく、二度三度、続けて一拍置いて、再び、二度、三度、気合いが聞こえてくる。

「天狗か」

「わからん」

龍之介は声が聞こえた樹間を見下ろした。飯盛山の頂を越えた北の斜面の森から気合いは聞こえて来る。

北の斜面には昼間も薄暗い原生林が広がっている。その原生林に向かって、坂を下る細い道が見え隠れしていた。樵たちが使う小道か、あるいは獣道《けものみち》かも知れない。

「行ってみよう」

「大丈夫か」

権之助は怖《お》じけづいた声でいった。

「権之助、天狗がいるかいないか、確かめに来たんだろう。天狗だったら、退治しようといっていたんじゃなかったのか」

「まあ、それはそうなんだが」

権之助は怖気《おぞけ》を震い、龍之介の後について歩き出した。

龍之介は草を分け、斜面のこんもりと葉が生い茂る森の獣道を下りはじめた。子どものころ、この斜面を兄と一緒に下りたことがある。しばらく下りると大きな岩があり、そこを回り込むと小さな滝がある。三丈《じょう》ほどの高さから落ちる細い滝で、下には池のような滝壺が出来ていた。

その滝の前に空き地があった。兄と、そこで組み太刀の稽古をしたことがある。稽古を終えて汗だくになると、滝にあたったり、滝壺で水浴びをしたものだった。

大きな岩のところまで下りると、また裂帛《れっぱく》の気合いが連続し、あたりの空気を震わせた。やはり、かつて龍之介たちが野太刀稽古をした空き地から聞こえる気合いだ。

龍之介は岩の前で足を止めた。権之助に待てという仕草をし、大きな岩の上に登った。

岩の上から空き地を見下ろすことが出来る。龍之介は息を殺して、岩の上から滝の下を覗いた。

滝壺の前の空き地に、一人の痩軀《そうく》の老人の黒い布紐で襷掛けした背中が見えた。一見して老人はただの老人ではなかった。髪は真っ白で、ざんばら。肩を隠すまでに髪は伸びている。まるで仙人のような修験者だった。

老人は丸太のように太い木剣を上段に構え、ぴたりと静止して動かない。老人はやや離れたところにある横木に対していた。横木は何本もの樹木を束ねたもので、左側は組んだ丸太を支えに、右側は岩の上に載せてあった。すでに、そのうちの何本かは、中程で折れかかっている。だが、まだ大半の横木は折れていない。

龍之介は振り向き、権之助に上がって来いと合図した。権之助は怖《お》ず怖ずと岩に張りつき、よじ登った。権之助は龍之介と並んで、滝壺の空き地を見下ろした。

「な、天狗じゃないだろう？」

「ほんとだ」

キエエエイ！

奇声のような気合いが静寂を切り裂いた。

老人の躯が横木に向かって突進した。と見る間に、老人が構えた丸太のように太い木剣が横木に打ち込まれた。

丸太と横木が打ち合う音が響いた。老人は強烈な力で木剣を振り下ろす。三度目の打ち込みで、何本もの太い横木がめりっと音を立ててへし折れた。

老人はさっと跳び退き、木刀を右下段に構えて残心《ざんしん》した。

「すげえ。あんな太い丸太をへし折るなんて」

権之助が龍之介に囁《ささや》いた。

龍之介は唇に指を立てた。

「誰だ！　そこにおるのは？」

一瞬、何かが空《くう》を切って飛んだ。龍之介と権之助は思わず、首をすくめた。

龍之介が身を潜めていた岩角に、折れた横木の一本がからころと音を立てて転がった。

「やばい。逃げよう」

龍之介は後退りし、岩を下りはじめた。権之助も続いた。

龍之介が岩の根元に下りた時、ふと頭上に人の気配がした。

「こらあ、きさまら、見たなあ」

見上げると、長い鼻を突き出した真っ赤な顔の天狗がざんばら髪を振り乱しながら、岩の上に仁王立ちしていた。天狗は右手で長い木の杖を突いていた。

「ひゃあ、で、出たああ」

権之助は岩から転がり落ち、地べたに尻餅をついた。

龍之介は慌てて権之助を抱え起こした。

「逃げよう」

龍之介は権之助の手をひっぱり、飯盛山の頂上に向かって駆けはじめた。

「きさまら、待て。逃げるな」

天狗は怒声を響かせた。

「逃げろ、逃げろ」

龍之介と権之助はてんでんばらばらになりながら、必死に裏山を駆け上がった。途中、龍之介は天狗の笑い声がすぐ後ろまで迫ったように感じた。天狗の吐く息が小袖の襟首にかかったように思ったが、振り向くことも出来なかった。

ようやく社のあるところまで戻り、二人とも社の傍らに倒れ込んだ。さすがに、天狗は頂上にまで追って来なかった。

二人は社の許《もと》で、ぜいぜいと肩で息をしながら、へたり込んだ。裏山の森の中を窺ったが、天狗の姿は見えなかった。

「龍之介、ほんとに天狗がいたな」

「ああ」

「あいつが木剣で横木を打ってへし折るのを見たろう。ありゃあ、人間のできることじゃない」

龍之介は逃げたものの、天狗かどうか、まだ半信半疑の面持ちだった。

「参ったなあ。あんな天狗を打ち負かさねば、呪いが解けないなんてなあ」

権之助は泣きそうな顔になった。

二

権之助の話に、五月女文治郎も河原九三郎、鹿島明仁も衝撃を受けた。

「ほんとに天狗がいたんだな」

「ああ。でかい鼻をした真っ赤な顔の天狗だった。恐かったあ。なあ、龍之介」

「うむ」

龍之介は腕組みをしたまま目を瞑り黙っていた。権之助は、話をやや誇張しているが、大筋ではあたっている。

　鹿島明仁が恐る恐る訊いた。

「それで、身の丈《たけ》は、どれほどあった？」

「ともかくでかい。七尺、いや八尺はあったな。見上げると、岩の上に仁王立ちしていて、その大きさといったら杉の高さほどもあった」

「それで木剣を持っていたのか？」

　文治郎が訊いた。

「そう。丸太のようにぶっとい木剣だった。それを横木の太い丸太に打ち下ろし、杉の幹のような丸太を真っ二つにへし折った」

「ほんとうか。杉の丸太をへし折ったか」

　河原九三郎は恐ろしそうに、ぶるぶると身震いした。

「それから？」

「おれも龍之介も、恐ろしくなって飯盛山の山頂に向かって逃げ出した。天狗はおれたちを追って来た。すぐ真後ろまで迫ったが、なんとか振り切って逃げ切ったんだ。天狗の息がおれの襟首にかかるくらいだった。もう少しで捕まるところだった。な、龍之介」

「うむ」

龍之介はうなずいた。

「たしかに、天狗の息遣いを耳元に感じた。襟元にふっと息がかかった」

「それみろ。おれだけではないぜ」

「ほんとかよ。おお、こえー」

文治郎と明仁は顔を見合わせた。九三郎がいった。

「ところで、飯盛山にそんな天狗がいるということを、日新館の先生方は御存知なのかのう?」

「いや、御存知ないのではないか。そもそも、先生方は天狗のことなど考えたことがないのでは?　そんな話をしたら、きっと笑われる」

明仁は頭を左右に振った。

「そうだよな。頭がおかしくなったんじゃないか、と思われるだろうな」

文治郎は九三郎と顔を見合わせた。

「でも、権之助と龍之介は、本当に天狗を見たんだものな」

九三郎がにやっと笑い、権之助をこづいた。

「おい、本当に天狗だったのだろうな。おれたちを騙《だま》して脅かそうというんじゃないだろうな」

　権之助は怒った。

「何度もいわせるな。天狗だった。間違いない。証拠はないが、おれたちは本当に天狗を見たんだ。しかも、天狗に追われて、捕まりそうになったんだ。こんなに真剣にいっても、おれたちが信じられないのか」

　文治郎は権之助を宥めた。

「いやいや。おれたちは二人を信じるさ。だが、世間は信じまい。だから、困っている」

　明仁がいった。

「飯盛山周辺の住民なら、黙っているけど、天狗のことを知っているんじゃないか」

　九三郎が同意していった。

「そうだな。飯盛山の天狗のことをよく知っているとしたら、正宗寺の住職ではないか。住職なら何か御存知かも知れない」

　龍之介は腕組みを解いた。

「よし。こうしよう。今度は五人で飯盛山に登る。そして、天狗と会う」

「会ってどうするんだ？」

「立ち合う」

龍之介は決然といった。

権之助は驚き、明仁、文治郎、九三郎、それぞれと顔を見合わせた。

「立ち合って、どうする?」

「決まっているじゃないか。討ち果たす」

「相手は天狗だぜ。勝てっこない」

「初めから負けるとは決まっていない。それに、こちらは五人、天狗は一人」

「数が多ければいい、というわけではあるまい。わしら一人ひとりの腕前がよくなければ、いくらこちらが多くても勝てない」

「だいいち、相手は人間ではない。天狗だ。退治しようなんて無茶だ」

明仁が恐ろしそうにいった。権之助も明仁に同調した。

「そうだぜ、龍之介。天狗を相手に立ち合うなんて無茶だ」

龍之介は「待て」とみんなを手で制した。

「おれが思うに、天狗は天狗にあらず。化物や怪物にあらず。おれたちと同じ人間だ」

「なぜ、そう思う?」

権之助が真剣な面持ちで龍之介に迫った。

龍之介は権之助にいった。

「天狗の顔を見たろう？」

「ああ、見た」

「怒った顔だったか？　笑った顔だったか？」

「ちらりとしか見ていないから何ともいえないが、どちらとも取れる顔だった」

「表情が動かないとなると、あれはお面《めん》だからだ」

「お面だと？」

権之助は困った顔になった。龍之介は続けた。

「天狗の笑い声が聞こえたのに、顔の表情が変わらない。怒った声が聞こえた時も、表情は変わらなかった。あれはお面だ」

「天狗のお面を被った人間だというのか？」

九三郎は明仁、文治郎と顔を見合わせた。

龍之介はいった。

「おれたちが恐がるように、天狗のお面を被った人間だ。人間なら、恐くない。恐いと思うから恐くなる。化物や魔物ではなく、人間と分かれば恐くない。違うか？」

「そうか。魔物でなくて、人か。人ならば、恐くないな」

九三郎は笑った。文治郎もうなずいた。

「そうだな。人ならば、恐くない」

「もし、人だとしても、天狗の男は相当の剣の腕前だぜ。木剣で丸太をへし折るんだからな」

権之助がいった。龍之介はうなずいた。

「確かに。天狗に化けた男は、かなりの腕前だと思う。しかし、人ならば、なんとか対抗する手はある。打つ手はある」

「どんな手がある?」

「おれに秘策ありだ。相手が人と分かれば、たとえ強くても、五人対一人の仕合いだ。勝てる」

龍之介は自信たっぷりに、どんと胸を叩いた。だが、そう見得《みえ》を切ったものの、龍之介にはまったく秘策などなかった。ともかくも、相手が人なら、なんとかなるさ、そう思うだけだった。

三

ズドーンという重々しい銃声が轟いた。

龍之介は、慌てて両手で耳を塞いだ。だが、ズドンという音が耳を聾《ろう》し、教官が何をいっているのか、聞こえなかった。キーンという耳鳴りが響いている。

射撃場の白い的《まと》に黒点のような穴が開いていた。もし、的が人の頭だったら、頭は粉砕される。生徒たちは銃の威力に唖然《あぜん》とした。

日新館に隣接する弓射場と馬場は大きく拡張され、銃の射撃場や練兵場に組み替えられた。そこで藩校生たちは週に一日、フランス人軍事顧問の下《もと》、洋式の軍事訓練を受けることになった。

藩校生千五百人は各学年ごとおよそ三十人ずつの小隊に分けられ、隊列行進などの集団行動の訓練を受けた。その訓練のひとつが、実弾を使っての射撃訓練だった。

龍之介たちの小隊は模範射撃を行なった教官の前に三列横隊に並んでいた。間近での銃声で、しばらく耳がじーんとしてよく聞こえなかった。

「…………」

砲術指南の山本覚馬教官は、口をぱくぱくさせながら、射撃台から立ち上がり、長い銃身の銃を両手で掲《かか》げた。

山本教官の傍らには、助教の藤野伸介《ふじのしんすけ》が目を光らせていた。

二人の後ろには、もう一人、日除《ひよ》けのハンカチを垂らした白いピケ帽を被った軍服姿のフランス人教官が立っていた。フランス人軍事顧問のピエール大尉《たいい》だ。ピエール大尉は胸を張り、鼻の下にたくわえた口髭《くちひげ》の両端をぴんと伸ばして、鋭い眼差しで藩校生たちを見回していた。

斜め後ろに通訳の事務官が控えていた。

山本教官は銃の説明をしていたが、龍之介は耳がほとんど聞こえないので、何をいっているのか分からなかった。実際に銃に触るうちに覚えるだろうと楽観していた。

龍之介は三列横隊の最前列にいた。龍之介たちの服装は、てんでんばらばらだった。上が剣道の稽古着、下に洋式の筒袴《ズボン》を穿いた者もいる。龍之介も、その一人だった。

「……後ろの方、聞こえるか?」

山本教官は声を張り上げた。

「聞こえたら、聞こえたと返事をしろ」

助教の藤野が怒鳴った。

「はい、聞こえます」

「聞こえます!」

三列目の生徒たちが口々に返事をした。

藤野助教が怒鳴った。

「よし。これより、山本先生から射撃訓練するにあたり、注意がある。先生に注目!」

龍之介たちは一斉に山本教官に注目した。

山本教官は小隊全員を見回した。

「これより、このゲーベル銃で射撃の仕方を教える」

生徒たちは騒ついた。山本教官はにやっと笑った。

「だが、その前にゲーベル銃の扱い方を習わねばならない。ゲーベル銃は火縄銃と同じく、前から装弾する前装式だ。だが、火縄銃と大きく違うところは火縄がないことだ。ゲーベル銃は火薬の雷管《らいかん》を装塡《そうてん》し、火縄の替わりに撃鉄《げきてつ》で雷管を叩いて弾を発射する管打式《かんうちしき》だ」

山本教官は、みんなが見えるように、ゲーベルの撃鉄を上げ、空打《からう》ちして見せた。

「火縄銃は雨風に弱い。火縄が水に濡れれば、火が点《つ》かず、鉄砲が撃てない。だが、ゲーベルは違う。雨が降ろうが風が吹こうが、平気だ。いつでも、敵兵を狙い撃ちできる」

山本教官は、射場の先に並んだ的を指差した。

「火縄銃同様、ゲーベル銃を発射した時の反動は大きい。いい加減な気持ちで肩に銃床《じゅうしょう》を当てていると、反動で鎖骨を折ることがある。銃の構え方を徹底して覚えるように」


山本教官は続けた。

「ゲーベル銃は、反動が大きいこともあり、慣れないと狙いがつけ辛《づら》い。よほど射ち慣れないと、的に弾を当てるのは至難の技だ。だが、一度コツを覚えると、当たるようになる。銃を何度も射ち、弾丸の飛ぶ特徴を掴むことだ。銃それぞれに個性があり、一様ではない。だから、練習にあたっては、己れの銃を決め、それに射ち慣れるよう努《つと》める」


山本教官は手にしたゲーベル銃を助教の藤野に渡した。

「ゲーベル銃は、銃身内がすべすべで螺旋状の刻みがない滑腔《かっこう》式銃だ。だから、近接射撃でないと、命中精度は低い。最近、エゲレスやフランス、アメリカでは、銃身内に螺旋状の刻みを入れたミニエー銃やスナイドル銃が使われるようになったそうだが、これは凄い。どう凄いかといえば、螺旋式は発射の際、銃身内で弾丸が回転して飛び出すので、弾の飛翔が安定している。従って弾は的に真直ぐに飛ぶ。滑腔式よりも、はるかに命中精度は高くなる。さらに、弾を銃口から装塡する前装式ではなく、銃底を開いて装弾できる後装式だ。軍事顧問の話では、さらに使用される弾丸も改良され、弾頭と雷管が一体になった弾が使用されている。つまり、ゲーベル銃では、雷管を詰める作業と弾を詰める作業が別々に行なわれるが、後装式銃は、それが一度の装弾でいい、ということだ」

龍之介は、説明を受けても、まだちゃんと理解が出来ずにいた。火縄銃とゲーベル銃の違いが少し分かったような段階だったからだ。

「我が藩は、残念ながら、いまは安いゲーベル銃しか装備していないが、いずれ、他藩に先駆けてでも、最新式のミニエー銃やスナイドル銃を購入しようと考えている。財政的に許されればの話だ。ミニエー銃やスナイドル銃は、命中精度が高いだけでなく、値段も目の玉が飛び出すほどに、高い」

山本教官は冗談をいったつもりだったらしいが、生徒たちは誰も笑わなかった。

「このゲーベル銃がまったく役に立たないというわけではない。命中精度は低いものの、集団戦闘においては、きわめて威力がある。敵が密集隊形で攻撃して来る際、ゲーベル銃を一斉射撃すれば、密集隊形のどこかに命中するので、敵の隊形は崩れる。そこで一挙に味方が打って出れば、戦《いくさ》の主導権を握ることができる。そういう点では、まだ重要だ」

山本教官は、いったん言葉を切って、みんなを見回した。

「みんなは、こんなゲーベル銃を習うよりも、さっさとミニエー銃を購入し、射ち方を習得したいと思うかも知れない。だが、いっておく。命中精度が悪いゲーベル銃に習熟していれば、ミニエー銃を手にしたら、すぐに上達する。ミニエー銃を射てるように、このゲーベル銃で十分に練習しておいてほしい」

山本教官は、ピエール大尉に顔を向けた。

「では、ゲーベル銃の装弾の方法から、顧問のピエール大尉に説明してもらう。シルブプレ」

「では、始めます」

ピエール大尉は、片言《かたこと》の日本語でいい、手早くゲーベル銃の銃口に弾丸を詰め、棒で押し込んだ。

「弾込めは火縄銃と同じで簡単だ」

ピエール大尉はいい、通訳がいった。

「弾を詰めたら、こんどは雷管を装塡する」

ピエール大尉は、続いて開けた銃底に雷管を押し込んだ。

「こうしたら、銃を構えて、的を狙う」

ピエール大尉は立った姿勢で、ゲーベル銃を的に向けて構えた。

龍之介は両手で耳を掩《おお》った。ほかの生徒たちも、慌てて耳に手で栓をする。

ズドーンという腹に響く発射音が空気を裂いた。

一町先の的が射抜かれ、土手を転がり落ちる。龍之介は度胆《どぎも》を抜かれた。あんな遠くの的でも倒せるのかと。

山本教官はピエール大尉に細身の剣を差し出した。ピエール大尉はしゃがみ、ゲーベル銃の銃身に剣を装着させた。

「発射した後、弾込めに時間がかかる。その間に敵兵が迫って来たら、こうして銃に着剣し、銃剣を槍のように構えて相手と戦う」

ピエール大尉は銃剣を構え、何度も見えない敵に向かって刺突《しとつ》を行なった。

山本教官は声を張り上げた。

「これからの戦《いくさ》は、刀や弓矢の戦いではなくなり、大砲や銃による戦になる。ピエール大尉によれば、西洋では、槍や刀ではなく、銃と銃による本格的戦争が起こっている。東洋でも、先にエゲレスと清《しん》が戦った時、銃や大砲が大きな威力を発揮した。エゲレス軍の兵士は少数だったが、清の大軍を鉄砲で見事撃退した。我々日本人も、この銃の扱いに早く慣れなければならない」

生徒たちに動揺が走った。龍之介も、山本教官の発言に反発を覚えた。

これから、刀は不要になるというのか？

では、剣術を習う必要もないというのか？

一発撃ってから弾込めするのは手間がかかる。その間に襲って来る敵兵に、本当に対することが出来るのか？

弓矢なら弾込めする敵よりも早く次の矢を射ることが出来るではないか。

いくら火縄を使わずに管打式になって扱い易くなったとはいえ、いちいち銃口から弾を詰める方式は時間がかかるのではないか。

新式の後装式といわれるミニエー銃でも、どのくらい命中精度が高いか、分からない。だが、きっとどこかに弱点はあるはずだ。その弱点さえ分かれば、銃など恐くはない。

龍之介がぼんやりと考えているうちに、いつの間にか、山本教官と代わって、藤野助教が立っていた。

「これより、銃を扱う上での注意をいう。肝《きも》に銘じて覚えておけ」

藤野教官はゲーベル銃を手に、みんなを睥睨《へいげい》するように見回した。

「第一に、銃を絶対に人に向けるな。向ける相手は敵兵だけだ」

藤野教官は一息《ひといき》ついて怒鳴った。

「第二に、常に安全を心がけろ。銃を持ったら、撃てという命令が出るまで、絶対に引き金に指をかけるな」

藤野教官はじろりとみんなを見回した。

「返事は？」

「はいッ」

生徒たちは一瞬戸惑ったが、すぐに声を揃えて返答した。

「よし。以後は復命復唱しろ」

「はいッ」「はいッ」生徒たちが答える。

「はいではない。復命復唱します、だ」

「復命復唱します」

「声が小さい」

生徒たちは一斉に声を張り上げ、復命復唱した。

ピエール大尉と山本教官はにこやかにフランス語で話をしている。

それから龍之介たちは一人ずつ銃を渡され、十人ずつ並んで射撃台に伏せた。指導員たちが、それぞれの生徒に付き、伏せたまま銃の操作の基本を習い、射撃の姿勢を叩き込まれた。

生徒たちは両脚を開いて踏張り、伏せた姿勢を固定し、銃で的を狙う。十分に狙いを澄まし、引き金を慎重に柔らかく引き、銃を射つ。発射時の轟音は耳を劈《つんざ》くように凄まじい。射ち終わると、急いで身を起こして、膝立ちになり、銃口から弾丸を詰めて押し込む。銃底に雷管を押し込み、再び、伏せの姿勢になる。号令とともに銃を発射する。

何発も発射すると銃身が熱くなり、銃身内も掃除をしなければならない。専用の鉄の棒にぼろ布を括り付け、銃口内を掃除する。そして、また弾を詰めて、的を狙う。そのくりかえしを延々と行なった。

その日、半日をかけて、龍之介たちは銃の射撃訓練に没頭した。

射撃も銃の扱いに慣れれば、楽しくなる。指導員に怒鳴られ、こづかれながらも、銃を操作するのが早くなる。

初心者用の的の距離は、狙い易いように十五間《けん》（約二七メートル）ほどしかないのに、的に当たらない。ほとんどの生徒が、射っても的を外す。

龍之介は二十発射ったものの、一発も的に命中しなかった。

難しい。弓矢を射るよりも難しい。

龍之介は山本教官が巡って来ると、余計に緊張して射てなくなった。

「肩の力を抜け。銃と一体になれ」

「銃は優しく扱え。赤子をあやすように」

「呼吸を整えろ。静かに引き金を絞れ」

つぎつぎに指導員たちから声が飛ぶ。

生徒たちは、その度に「ハイッ」と返事をしながら、射撃に集中した。

生徒たちのなかで、やはり五月女文治郎と河原九三郎は、射撃の姿勢を誉められ、命中率も良かった。二人には、銃を扱う素質があるのだろう、と龍之介は悔しまぎれに思うのだった。

龍之介たちは着替えの間に戻った。すぐに小野権之助が傍らに寄って来た。

「いやあ、参った参った。全然、的に当たらん。おれの銃は、弾が真っすぐに飛ばない。必ず右上に逸《そ》れる。龍之介は、どうだった?」

「おれもだめ。弾は四方八方に散る。一ヶ所に集中しない。おれは、下手《へた》だ。銃は向いていない。銃がおかしいのかな。いうことをきかん」

河原九三郎と五月女文治郎がにやにやしながら、寄って来た。

「おもしろかったな。文治郎は?」

「おれも、おもしろいように弾が的に当たった。射撃の姿勢がいい、と先生に誉められた」

龍之介は袴を穿きながらいった。

「おまえたちの銃がよかったんじゃないか」

「銃のせいじゃない。銃の扱いがいいかららしい」

九三郎が嘯《うそぶ》いた。龍之介はため息混じりに訊いた。

「銃の扱いが、おれとどう違うんだ?」

「銃身を己れの腕や指先のように思うんだ。銃を向けたら、無心になり、銃身の延長線上の的に当てる。あとは息をゆっくりと吐きながら引き金を引くんだ。すると弾は自然に的に吸い込まれるように飛ぶ」

九三郎は目を閉じながらいう。

龍之介は頭を振った。

「無理だ。まず、発射の反動で手元が狂い、体がぐらつき、弾が的から逸れる」

五月女文治郎が笑った。

「姿勢が固いんだ。発射の反動を身体全体で引き受ける。身体が硬直していては、反動を吸収できない。そうすると、身体がぶれる。銃を柔らかく抱えねば」

脇から権之助が口を挟んだ。

「いうは易し。行なうは難しだ。おれは弓矢の方がいいな。弓矢なら、十五間先の的ならいくらでも射抜くことができるぜ」

五月女文治郎がいった。

「次の射撃訓練は、的が二十間（約三六メートル）に延長されるそうだぜ。さらに四十間（約七二メートル）、六十間（約一一〇メートル）と離され、最終的には二町（約二二〇メートル）ぐらい離されるらしい」

龍之介は文治郎に訊いた。

「いったい、ゲーベル銃は、どのくらいの射程なのだ？」

「山本先生によれば、ゲーベル銃の最大射程は、ほぼ三町（約三三〇メートル）だそうだが、的に正確に弾を命中させるには、どんな名手でも、約二町（約二二〇メートル）ぐらいが限度らしい」

小野権之助は唸った。

「そうか。じゃあ、弓矢よりもいいな。弓矢の有効射程は、三十三間ぐらいだろう」

「山本先生によれば、今後は銃が上手《うま》い者を集めて、洋式の軍隊を編制するそうだ」

「洋式軍隊か」

「銃が活きるのは、集団戦においてだそうだ。だから、集団で戦う訓練もするそうだ」

「おれは嫌だな」

「龍之介、何が嫌なんだ?」

「……徒党を組んで戦うのは、なんとなく嫌だってことさ」

「なんとなくか?」

「うん。なんとなく性《しょう》に合わない」

龍之介は、自分でも説明出来ない漠然《ばくぜん》とした感じを何といったらいいのか、分からずにいた。

「おれは集団戦が好きだな。おれが司令官になって、戦略を練り、全軍を動かし、敵に勝つ」

河原九三郎は胸を張った。権之助がふふふと含み笑いをした。

「そうだな。九三郎は司令官が合っているかも知れない」

「おい、聞こえるか？」

突然、五月女文治郎がみんなを静かにさせた。

どこからか小太鼓を打ち鳴らす音と、それに合わせるラッパの軽快な吹奏が聞こえた。

龍之介は着替えをする手を休め、耳を澄ました。小太鼓の叩き出す音に不思議に身体が同調し、律動に合わせて歩きたくなる。

「あの小太鼓とラッパに合わせて、行進しようぜ」

文治郎がにやつきながらいった。

「ああ、歩いてみるか」

九三郎がいい、両手を前後に振りながら、その場で歩調を取って部屋の中を歩き出した。権之助も文治郎も、九三郎の後から、歩調を合わせて足を踏む。

「龍之介、おまえもやってみろよ。おもしろいぞ」

九三郎が龍之介に声をかけた。龍之介は着替えを終え、権之助の後ろに立って、足を踏み出した。

「龍之介、おまえの歩調、合ってないぞ。少し遅れている」

「そうかな」

龍之介は立ち止まり、九三郎や文治郎の歩調に合わせて、その場で足踏みをした。だが、九三郎がいう通り、自分の歩調が遅れ気味なのを感じた。

「みんな、何をしているんだ？」

扉が開き、鹿島明仁が顔を出した。明仁は教練よりも蘭学の授業を選び、教練は欠席だった。

「足を揃えて歩くと、気持ちがいいぞ」

権之助が明仁を誘った。明仁は小首を傾げながらも、権之助の誘いに乗って、みんなの真似をして歩調を取って、足を踏みはじめた。

明仁も、龍之介と同様、みんなと歩調が合わなかった。明仁はもともと、頭でっかちで運動が苦手《にがて》だったせいもある。

それでも、明仁も龍之介も小太鼓やラッパの律動に合わせて、歩みを止めなかった。

格子窓の外で、時ならぬ大砲の発射音が鳴り響いた。ほかの組の藩校生たちが大砲術の教練を受けているのだ。龍之介たちは、一斉に耳を手で覆い、なおも歩調を取って足踏みを続けた。

自分たちは、いったい、どこに向かって歩き出しているというのか？

龍之介の脳裏に、ちらりと、そんな疑念が過《よぎ》っていた。

四

飯盛山の裏山に天狗を探しに行く話は、みんなの中で、しばらくお預けになっていた。

お預けになった理由はいくつかある。ひとつには、期末考査が迫っていたことがある。冬の正月の前に、漢文や漢詩、教養や化学、算術や天文学など、いくつもの教科の試験があった。その期末考査でいい成績を取らないと、来年の春、次の学年に進級出来ないことになる。

進級出来ないということは即留年ということになる。同じ学年に留まるということは、現在一年下の後輩たちとともに、もう一年、学習せねばならない。これは極めて恥ずかしいことだった。そうなったら親や親戚だけでなく、周りに顔向け出来なくなる。

龍之介たちは、こぞって期末考査に備えて、猛勉強をせねばならなかった。日頃、学習にあまり力を入れていなかったツケが、どっと回ってきたのだ。

龍之介の場合、剣術師範の伴康介《ばんこうすけ》老師から、秋の奉納仕合いに代表の一人として出場するように命じられたこともある。そのため、師範代相馬力男の稽古は、いっそう激しくなり、遊んでなどいられなくなった。

毎日、授業の後も道場に残り、伴康介老師の前で師範代や高弟たち相手に稽古をせねばならなかった。

龍之介にとって、正直なところ、忙しくなって、天狗騒ぎどころではなくなったのは、幸いだった。というのは、我に秘策ありと、みんなに大言壮語《たいげんそうご》したものの、秘策なんぞは頭に浮かばず、どうしたものか、と考えていたところだったからだ。

だが、いつも、頭のどこかでは、天狗のことが気になっていた。天狗が凄まじい気合いもろとも、太い木剣を丸太の横木に打ち下ろし、へし折った光景が目に浮かぶ。その光景は夢にまで出て来ることがしばしばだった。

あの荒々しくも破壊力がある打ち込みは何なのか。人の噂に聞く薩摩《さつま》の示現流《じげんりゅう》の打ち込みなのではないか、とも思うのだが、龍之介はこれまで示現流の稽古なんぞ見たことがないので、なんともいえなかった。

天狗が示現流を使う？　龍之介は、権之助とも何度も話し合ったが、しばらくは天狗のことを封印し、考えないことにしようと申し合わせた。

その日も、龍之介は一応稽古が終わり、道場の控えの座に正座して、他の奉納仕合い出場候補の門弟の稽古を眺めていた。

やはり同学年の門弟のなかでは、秋月明史郎の動きが一際《ひときわ》抜きん出ていた。竹刀捌きも、打ち込みも、師範代と同格、あるいは師範代を上回る動きだった。見ているだけで、秋月明史郎の凄さが分かる。

ほかには、一年下の学年では、小嵐小四郎が敏捷《びんしょう》な動きで、鋭い突きを見せていた。対戦したら侮《あなど》れぬと龍之介は思った。

同学年で要注意人物は、川上健策《かわかみけんさく》だ。川上は対戦相手の懐に素早く飛び込み、胴を抜く。その抜き胴が美技《びぎ》だった。

上級生では、門弟筆頭の嵐山光毅が一際、目立っていた。嵐山は、上段二段打ちをくりかえしている。もし、対戦することになったら、きっとあの技を出して来ると覚悟した。

一方、龍之介が恐れていた仏光五郎は、留年組のため、安藤主馬師範から学年代表に選ばれなかったので稽古に姿を見せなかった。仏はもともと稽古をする門弟ではなかった。仏光五郎は安藤主馬師範には決して逆らうことがなく、大人しかった。そのため、仏光五郎の悪行を知りながらも、安藤師範は破門せずに置き、仏光五郎が立ち直ることを期待していた。

「望月、立て」

師範代の相馬力男が、川上との稽古を終え、今度はおまえだ、と竹刀で龍之介を指した。

龍之介は、すっくと立ち上がり、竹刀を携えて、相馬力男の前に進み出た。

龍之介は稽古で汗をびっしょりかき、控えの間に戻って来た。年長の上級生たちは、大声で談笑し合いながら、汗を拭ったり、着替えをしていた。

部屋には汗の臭いと、若い男たちが発する特有の臭いが充満していた。

龍之介は、裸で汗を拭う上級生たちにいちいち頭を下げながら、上級生たちの間を縫うようにして抜け、部屋の隅に進んだ。下級生たちは、部屋の片隅の棚に着替えを置くことになっている。

先に引き揚げていた秋月明史郎が、稽古着を脱ぎ、褌《ふんどし》一丁の裸になり、手拭いで汗を拭いていた。秋月の軀は胸の筋肉が引き締まり、腕や肩の筋肉が盛り上がっている。秋月の裸体は脂でてらてらに光っていた。

龍之介は眩しそうに秋月の裸を見ながら、稽古着を脱ぎはじめた。秋月は龍之介に囁いた。

「龍之介、だいぶ師範代にしごかれていたな」

「うむ。毎回、全身を打たれて、往生している」

「ははは。それは伴先生の期待がかかっているからだ。だから、師範代も気合いを入れて、おぬしを扱《しご》いている。ありがたいと思わねばならんぞ」

「うむ。分かってはいるが、節々が痛い。あちらこちらに痣《あざ》ができている」

龍之介も稽古着を脱ぎ、上半身裸になって、小手や腕にある打突の痣、肩や胸に出来た痣を秋月に見せた。

「そういう痣が少なくなれば、腕が上達した証《あかし》だ。痛むのは生きている証拠だ。死んだら痛みも感じまい」

秋月は龍之介の痣にちらりと目をやって笑った。

「うむ。おれもそう思って諦めてはいるが、痛いものは痛い」

龍之介は手拭いで軀を拭った。格子窓から入ってくる冷たい風が火照った軀に快い。

秋月とは十歳まで同じ什《じゅう》の組だった。そのころは、まだ明史郎はひ弱な体軀の少年だった。だが、什の中では什長の外島遼兵衛についで年長で、頭がよく、みんなに優しくしていたので、什の誰からも人望があった。

秋月が変わったのは什を終えて、藩校日新館に入ってからだ。秋月は道場でめきめき腕を上げ、門弟番付の上位に昇っていった。見る間に背丈が伸び、体格も大人の男に引けを取らぬまでになった。

秋月は漢籍の学問にも長じ、日新館がめざす文武両道の模範的な生徒になった。外島什の出身ということで、かつての仲間も秋月を誇りに思ったが、秋月明史郎はあまり什の仲間とは付き合わぬようになった。

噂では、什長の外島遼兵衛と何か確執があったというのだが、龍之介自身は何も知らない。

「秋月、おぬし、前よりもまたさらに腕を上げたな。いくら稽古をして追い付こうとしても、追い付けぬ」

「そんなことはない。それは、おぬしの買い被りだ。おれにはおれの悩みがある」

秋月は汗を拭き終わると、畳んであった小袖に腕を通しはじめた。

「どんな悩みだ?」

秋月は一瞬、じろりと龍之介に目をやった。冷ややかな光が目にあった。

おまえなんかには、決して分からぬ悩みだよ。

秋月の目は無言のまま、そう語っていた。

「まあ、いろいろあってな。家のこととか、なんやかんや、おぬしに話しても愚痴《ぐち》にしかならんことだ。まったく、世の中、くだらんことばかりが多すぎる」

秋月は自嘲するような口振りでいった。

「じゃあ、お先に失礼する。ごめん」

秋月は龍之介に軽く一礼すると、稽古着を竹刀に括り付け、上級生たちの間を潜《くぐ》りぬけながら、廊下に歩き去った。

龍之介は啞然として秋月を見送った。

五

銀杏《いちょう》の並木道をぞろぞろと藩校生が群がって帰って行く。晩秋の日の暮れは早い。黄色に色づいた銀杏の葉が北風に吹かれて舞い散って行く。

龍之介は茜《あかね》色に彩られた西の空の雲を見ながら、ぼんやりと歩いた。秋月の冷ややかな眼を思い出した。人を突き放すような態度の秋月を見たのは初めてだった。いったい、秋月はどんな悩みを抱えているのだろうか？

龍之介も、最近、憂鬱《ゆううつ》を覚えた。理由はない。無性にむしゃくしゃし、気付くと親や他人に当たっていた。道場で竹刀を打ち合っても、相手を必要以上に打ち据えたりしている。いけないと思うのだが、自制が利かない時がある。

「おい、龍之介。待てよ」

突然背後から声がかかった。

下駄の歯音を立てて、傍らに小柄な小嵐小四郎が走り込んだ。小四郎は息を弾ませていた。

「なんだ、小次郎《こじろう》じゃないか」

小嵐も、稽古着を竹刀の先に差し込み、肩に担いでいた。小嵐小次郎こと小嵐小四郎も、同じ什の組の仲間だった。

小嵐は小四郎が本名だが、仲間たちは小四郎が什の中で一番小さい軀をしているのに、いつも弾む毬《まり》のように敏捷に駆け回るので、小次郎の愛称で呼んでいた。

「おまえも道場にいたのか?」

「もちろん、居たさ。おまえ、道場の隅で、ぼんやりしていたな。まるで心、ここにあらずといった顔で座っていた」

「そうか。おれ、ぼんやりしていたか」

龍之介は頭を振った。

「相馬師範代に、稽古でだいぶ扱かれていたじゃないか」

「まあな」

龍之介は曖昧《あいまい》に返事をした。扱かれたといえば、扱かれたのかも知れないが、強《したた》かに打ち合って、だいぶ気が晴れた。打たれても打たれてもへこたれずに打ち返した自分に、迷惑したのは、相手の師範代だったかも知れない。おかげで、全身痣だらけだが、その痛みが、なぜか快かった。

「龍之介、昔、什の仲間だったよな」

小嵐は歩きながらぼそっと呟くようにいった。龍之介は並んで歩く小嵐を見た。

「なんで、そんなことを聞く。いまだって、仲間じゃないか」

「そうかい。いまも仲間にしてくれるかい」

小嵐はちらりと龍之介を不審げな顔で見た。

「いったい、どうしたっていうんだ？　突然、そんなことを言い出すなんて」

小嵐はふっと寂しげな顔をしていた。

「什を出てから、だいぶ龍之介たちと会うことがなくなったんでね」

小嵐小四郎の父は、足軽組の小番頭で、十人扶持《じょうし》だった。什では、いっさい、身分の差はなく、誰もみな平等で同等だった。上士も下士《かし》も足軽もなかった。藩の方針として、子どものころから、身分や職能で差別せず、平等対等に話が出来るようにし、将来の藩を担う人材を養成しようとしていた。

「いったい、何があったんだ？」

「……いや、なんでもない」

小嵐は恥ずかしそうに頭を振った。

あ、こいつも何か悩んでいる、と龍之介は心の中で思った。

「話せよ。おれたちは仲間だ。おれに話せば、少し楽になるぞ」

「…………」

小嵐は黙って赤く染まった空を見上げた。

「いえよ。他言無用だ。おれは誰にも洩らさない」

「……笑う。きっと笑うからなあ」

「笑わない。絶対に笑わない」

「ほんとか」

「ほんとだ」

「……実は、おれ、好きな女子《おなご》ができた」

小嵐は急に声をひそめた。龍之介は思わずむせ返った。

「やっぱり、笑ったじゃないか」

「いや。笑ったんじゃない。むせただけだ」

龍之介は小嵐のにきび面を見ながらいった。

「いうんじゃなかった」

小嵐は渋い顔でうつむいた。龍之介は笑いを嚙み殺した。だが、内心、正直にいった小嵐が羨ましかった。自分には、そんな女子はいない。

「で、その女子というのは、誰だ？　おれが知っている女子か？」

「多分、知らないと思う」

「相手は、おまえをなんと思っているんだ？」

「分からない。おれのことなんぞ、見もしない。きっと気にもしていない」

龍之介は小嵐に目をやった。小嵐は真剣に悩んでいる様子だった。

「ユミ様を思うと胸が苦しくなるんだ」

「ユミという子か」

「うむ。優美《ゆみ》様だ」

龍之介は頭の中で、優美という女子がいないかを探った。だが、思い当たらなかった。

「で、どうしたいのだ？」

「どうするもない。どうしたらいいのか、分からないんだ」

小嵐はため息をついた。龍之介は笑いを堪《こら》えていった。

「いっそ、優美さんに、おまえの思いを打ち明けたらどうだ？」

「……どうやって？」

「恋文を書く」

「それがし、字が下手だ。とても恋文なんか書けない」

「たとえ字が下手でも、想いは伝わる」

「汚い字の文を受け取っても、うれしくないだろう？　嫌われるだけだ」

小嵐はまたため息を洩らした。龍之介は考え込んだ。

「じゃあ、誰か字が上手い人に代筆してもらうのはどうだ？」

「什で一番字が上手いのは、誰だっけ？」

「秋月だな」

龍之介は秋月を思い出しながら、ふと秋月の悩みも女子なのではないか、と思った。

「秋月はまずい」

「どうして？」

「秋月は優美様のことを知っている。きっと秋月はそれがしを笑う。身分が違い過ぎると呆れられる」

「なんだ、上士の娘か」

小嵐は肩を落とし、また深いため息をついた。身分違いの恋が切ないのは龍之介も分かっていた。兄の真之助が一乗寺家の結姫を見初《みそ》めた時のことを龍之介は思い出した。兄は悶々として部屋に閉じ籠もり、食事もろくに摂《と》らなかったことがあった。まだ子どもの龍之介は、当時の兄の気持ちが分からなかったが、いまは分かる気がする。

恋煩《わずら》いは、薬でも治らない病だ。

龍之介は小嵐が気の毒になり、慰めるつもりでいった。

「では、歌を詠《よ》んで届けたらどうだ？」

少しでも胸を晴らせばいい。

「歌なんか詠んだことがない」

「百人一首から、好きな一首を選んで、相手に届けるという手もある」

「……だめだ。歌も作れないのか、と馬鹿にされる」

小嵐は悲しげに頭を振った。

「どこで、その優美さんと出会ったのだ？」

「見かけただけだ」

「どこで?」

「薙刀《なぎなた》場でだ」

「なぜ、おぬし、そんなところに」

「笑うな。師範にいわれて、嫌々ながらだが、薙刀の相手をさせられたのだ。その時、薙刀を揮《ふる》う女子たちの一人に優美様がいたんだ」

「一目惚れか」

「……まあ、そんなところだ」

日新館には、武家の婦女子にも武芸を身に付けさせようと、武道場が併設されている。そこで武家の婦女子を集め、薙刀や小太刀《こだち》などの稽古が行なわれている。

指導をしているのは、男子の道場で剣術を教えている師範たちだが、師範たちは年寄りが多い。そのため、時に薙刀や小太刀の相手として、道場から腕が立つ男子の門弟が何人か選ばれて、女子の道場に派遣された。

しかし、男子でも、見栄えがよく、いかにも女子にもてそうな者は選ばれず、師範から見て、女子と対面させても問題を起こしそうにないと見られた男子が選ばれた。

どうやら、小嵐は小柄で、まだ子どもの面影を残していたので、師範から安全な男子と目を付けられて選ばれたのだろう。

「今度、女子の道場に行く時、おれも誘ってくれぬか。その優美さんがどんな女子か見たい」

「おぬしがか？」

小嵐は一瞬、考え込んだ。龍之介は続けた。

「それがし一人で道場に行ったら、怪しまれる。だが、師範の代理のおまえと一緒なら、なんとか誤魔化しようがある」

「優美さんを見て、どうするのだ？」

「それがしが見て、おぬしにふさわしいかどうかを見定める。だめな女子だったら、だめだ、諦めろということができる」

「分かった。機会を作ろう。おぬしに、ぜひ、優美様を見てほしい。見て駄目なら駄目といってほしい。それなら諦めようもある」

小嵐は決心したようにいった。

龍之介と小嵐は、いつしか足軽長屋の前に来ていた。

「龍之介、話を聞いてくれてありがとう」

小嵐は別れ際にいった。ついで、龍之介に一礼すると足軽長屋に歩み去った。長屋の前で遊んでいた子どもたちが一斉に歓声を上げて、小嵐にまとわりついた。

「兄ちゃん、お帰りなさい」「お帰り」

足軽長屋の家々から、夕餉《ゆうげ》の支度をする白い煙が湧き出て、通りに棚引《たなび》いていた。

身分違いの恋か。

龍之介は懐手《ふところで》をしながら、足軽長屋の先の武家屋敷街に足を向けた。

六

翌日、講釈所での座学が終わり、昼飯のおにぎりを食べている時、廊下から稽古着姿の小嵐小四郎がちらりと顔を覗かせた。

龍之介は、にぎり飯の欠片《かけら》を飲み込み、立ち上がった。権之助が怪訝な顔をした。

権之助は小嵐に気付かなかったらしい。

「厠《かわや》に行ってくる」

龍之介は権之助に言い置き、教場の外に出た。前を稽古着姿の小嵐が歩いて行く。

龍之介は急いで後を追った。

「黙って付いて来て」

小嵐は稽古着の胸を張り、廊下を堂々と歩んで行く。廊下は回廊になっている。回廊は、武道場、素読所、講釈所、書学寮、武学寮を巡るように並んでおり、渡り廊下で別棟の女子の薙刀場に繋がっている。

回廊を巡る途中、講師や上級生とすれ違ったが、小嵐と龍之介は頭を下げて挨拶しただけで、どこへ行くのかは問われなかった。

渡り廊下を進むと、薙刀場から娘たちの鋭い気合いが聞こえて来た。薙刀場の廊下の扉は開け放たれ、道場内で木薙刀を揮う稽古着姿の娘たちが見えた。一列に並んで、号令の下、木薙刀を振っている。その数、三十人ほどいた。かすかに脂粉《しふん》の香が鼻をついた。汗の匂いや女の体臭も漂っている。

龍之介は、ここまで来て後悔の念が湧くのを覚えた。

什の掟《おきて》に「戸外で婦女子と言葉を交わしてはならぬ」という項がある。

道場は戸外ではなく戸内なので、一応言い逃れは出来るが、滅多やたらに見知らぬ婦女子と顔を合わせたり、言葉を交わしてはならぬ、というのが掟の本意だ。

道場の入り口で、小嵐は立ち止まり、正面の神棚に腰を折って一礼した。龍之介も慌てて、小嵐の後で頭を下げた。

「あなたは、誰？」

いきなり鋭い女の声が龍之介に飛んだ。

目の前に黒袴に白い稽古着姿の若い女が立っていた。腕に木薙刀を携えていた。瓜《うり》ざね顔の美形な女だ、と第一印象を抱き、龍之介は顔を伏せた。正面から女の顔を見るのは失礼にあたる。

女の鋭い声に一斉に稽古の動きが止まった。

「照姫《てるひめ》様、こやつは、それがしの同輩。女子の薙刀術を見学したい、と申して付いて参った者です」

小嵐が慌てて龍之介を紹介した。

照姫？　照姫といえば……、もしや。

娘たちは稽古を止め、二人をちらちら見ながら、こそこそと囁き合っていた。

照姫は若いが木薙刀を持った構えがしっかりしており、薙刀の師範と見受けられた。

「おまえの名は？」

女は厳しい声で問うた。

「望月。望月龍之介でござる」

龍之介は腰を斜めに折り、顔を伏せたまま、女師範に答えた。

「望月、顔を上げよ」

女は命令口調でいった。龍之介は恐る恐る顔を上げた。

照姫と呼ばれた女は、大きな美しい双眸《そうぼう》をきらつかせて、龍之介をしげしげと見ていた。かすかに頰に笑みがあった。綺麗な女性だ。

龍之介は照姫という名に聞き覚えがあり、はっとした。もしかして、照姫とは藩主容保様の姉にあたる方ではないか。

「初めて見る顔だな。望月、おまえは強いのか」

照姫は単刀直入に龍之介に訊いた。

「いえ、まだまだの腕前です」

「まだまだの腕なのに、わざわざ道場を覗きに参ったと申すのか。そうか、若い娘が見たくて参ったのではないのか」

照姫はかかかと声高に笑った。それをきっかけに稽古着姿の娘たちも可笑《おか》しそうに笑った。

龍之介は、顔が熱くなった。少しむかっ腹が立った。小嵐が困った顔をしていた。

龍之介は笑う娘たちに目をやった。どの娘も目をきらきらさせて龍之介を見ている。

この娘たちの中に、小嵐小四郎が想う娘がいるとしたら、その娘を見ずに引き下がるのはしゃくだと思った。

「女子とはいえ武家の娘。男子に敵《かな》わぬとしても、もし戦となれば、男子どもども攻めて来る敵と戦い、城を守ることもありましょう。どのくらいの腕前なのか、ぜひ、この目で見ておきたいと思いまして、見学に馳《は》せ参じたのでござる」

「女子の腕前を見たいとよくぞ申した。よかろう、望月。誰か、お相手いたせ」

「お待ちください。照姫様、この龍之介は、ただ見学に参ったもの。立ち合いたいと申しているのではございませぬ」

小嵐が照姫の前にぺたんと座り、両手をついて頭を下げた。

「小嵐、この望月、おぬしよりも強そうだ。立ち合わぬなら、この場から帰さぬ。師範を呼び、この者は不届きなことに、女子の園を覗きに参ったと申すまで」

照姫は龍之介を睨みながらいった。龍之介は照姫の前に正座していった。

「分かりました。それがしも、ぜひ、どなたかと手合せ願いたいところでござる」

「望月、それでこそ会津武士の男。誰かお相手させよう。我が方は木薙刀だが、おぬしの得物《えもの》は、何にいたす？」

「竹刀で結構でござる」

「いいのか。木薙刀は木刀以上に威力があるぞ。竹刀で立ち向かえるか」

「竹刀で十分でござる」

照姫は笑った。

「いいだろう。手加減はせぬぞ」

「承知。こちらも竹刀とはいえ、手加減はいたしませぬ」

「よかろう」

照姫は満足気にうなずいた。

「小嵐、竹刀を貸せ」

龍之介は小嵐に手を伸ばした。小嵐は携えた竹刀を渋々龍之介に渡した。

「襷《たすき》を掛けたい。小嵐、下緒《さげお》はないか」

小嵐は腰の小刀を抜いた。だが、下緒は小刀に付いていなかった。照姫が目敏《めざと》く、その様子を見ていた。

「よかろう。こちらで用意させよう」

照姫は稽古着姿で居並んだ娘たちの一人に声をかけた。

「彩《あや》、この者に、あなたの襷の紐を渡しなさい」

「はい」

彩と呼ばれた娘は、前に出て自分の軀の襷を素早く解いた。その布紐を手に龍之介の前に進み出て恭《うやうや》しく差し出した。白鉢巻きの下から富士額が覗いていた。目鼻立ちが整った可愛らしい娘だった。大きな黒い眸《ひとみ》がじっと龍之介の顔を見つめていた。

龍之介は一瞬、彩に見つめられ、顔が赤くなった。優しそうないい娘だ。

彩の肉感的な赤い唇が震えながらいった。

「これをどうぞお掛けくださいませ」

「かたじけない」

龍之介は両手で桃色の布紐を受け取った。

彩と呼ばれた娘は元の列に戻った。龍之介は手早く布紐で襷を掛け、袖を絞った。布紐から仄《ほの》かに芳《かぐわ》しい匂いがした。

「望月、用意はいいか」

「少々、お待ちを」

龍之介は懐から手拭いを取り出した。手拭いを引き裂いて、鉢巻きを作った。頭に手拭いの鉢巻きをきりりと巻いた。両腕をぐるぐると回し、襷の具合を確かめた。

「こちらは用意が整いました」

「そうか。では、優美、まずはあなたがお相手なさい」

照姫は一列に並んだ娘たちの中から、美形の娘を指名した。

「はいッ」

優美と呼ばれた娘は木薙刀の柄を小脇に抱え、摺《す》り足ですすっと進み出た。

優美だと？　小嵐小四郎が想いを寄せる娘ではないか。

龍之介は小嵐に目をやった。小嵐は唇を噛み、小さくうなずいた。目で訴えた。

お手柔らかに頼む。

……分かった。

龍之介は小嵐に小さくうなずいた。

槍とは何度か立ち合ったことがある。杖や棒とも立ち合っている。いずれも手強《てごわ》かったが、なんとか対処することが出来た。だが、木薙刀との立合いはやったことがない。

木薙刀は薙刀を模した長い柄の木刀だ。槍は突きが主だ。薙刀は長い柄を利して、回転させ、こちらの軀に打突を加える。その動きは、棒術、杖術と似ている。木薙刀は木刀と同じく、刃のところは木だが、脚や胴、ないしは喉や腕が打たれれば、柄が長い分、回転力もかかって力が強くなり、木刀よりも破壊力がある。腕や脚、胸に当たれば、打撃が強いので、骨は折れて砕けかねない。

木薙刀の唯一の弱点は、槍と違って、突きが出来ないことだ。

もう一つ、木薙刀には槍と同じような弱点がある。長い柄の槍の弱点は、懐に飛び込まれたら、振り回せなくなる。

あとは成り行きだ。臨機応変に戦う。

龍之介は、腹を括《くく》った。

「判じ役は、わたしが務めます。いいですね」

照姫は龍之介にいった。いいも悪いもない。ここでは照姫のいう通りにするしかない。

娘たちは一斉《いっせい》に壁際に引き、正座して並んだ。全員、旗竿のように木薙刀を立てている。娘たちは白鉢巻きを額にし、一様に剣気を発していた。その姿は壮観で威圧感がある。

正面の神棚に向かい、龍之介は左、優美は右に正座した。二人は竹刀と木薙刀を前に置いて、神棚に一礼した。

龍之介と優美は次にそれぞれの得物を持ち、互いに向き合った。

「互いに礼」

龍之介と優美は互いに頭を下げてお辞儀をした。

「仕合いは一本、先取した方が勝ち。いいですね」

照姫は龍之介と優美双方に告げた。龍之介はうなずいた。優美は顔面を蒼白にしながうなずいた。

「構えて」

龍之介は竹刀を青眼に構えて、ゆっくりと立ち上がった。優美も右脇に抱えた木薙刀の刃を床すれすれに下ろして立ち上がった。

「はじめ！」

両者から離れた位置に立った照姫が叫んだ。

同時に優美の軀が動き、木薙刀が右斜め後方に引かれた。と思うと次の瞬間、木薙刀は唸りを上げながら、右回転して龍之介の脚を襲った。

キエエイ。

龍之介は飛びすさって木薙刀を避け、間合いを取った。木薙刀の回転は止まらない。今度は左回転で龍之介の足許を襲う。

龍之介は飛び上がって、さらに後方に下がる。優美は前に足を進め、踊るように軀を回して、木薙刀を振る。優美の軀が回転する度に、木薙刀が右に左に、上から下へと角度を変えて龍之介を襲う。

キエーイッ。

龍之介は襲って来る木薙刀を、つぎつぎ竹刀で叩き落とす。木薙刀の柄が優美の軀から離れない。

強い。龍之介は焦った。

懐に飛び込む隙がない。龍之介は背筋にどっと冷汗が吹き出すのを覚えた。

木薙刀の木の刃が、瞬時に上向きになったり横向きになり、下向きに返される。目にも止まらない。その度に刃が唸りを上げて龍之介に打ち込まれた。

龍之介は、次第に道場の奥に追い詰められた。正座して見ていた稽古着姿の娘たちが、追われる龍之介に、慌てて立ち上がって避けて逃げた。

龍之介はとうとう板壁まで追われて、それ以上退けなくなった。

落ち着け。落ち着け。臨機応変だ。

龍之介は、背を板壁に押しつけ、竹刀を青眼に構えた。

優美の目が笑った。

口ほどもないわね。

優美の軀が動き、それに伴い、薙刀が右斜め上方に引き上げられた。

止《とど》めの一撃が来る。

龍之介の軀は、その瞬間、背で板壁を押し、その反動を使って優美に跳んだ。竹刀もろとも優美に体当たりをかけた。

優美は、あっと小さな悲鳴を上げた。とっさに薙刀の柄で龍之介の体当たりを受け止めた。後ろによろめいた。

龍之介はすかさず、竹刀を薙刀の柄に押し当てたまま、押しに押した。

優美は踏み止《とど》まろうとしたが、龍之介の押しにはかなわず、押し捲《まく》られた。足がもつれて、背後にどうっと倒れた。

龍之介は優美と一緒に倒れ、優美の軀に圧《お》し被さった。顔の頰と頰がくっつくほどに近付いた。

「いやっ」

優美は目を閉じ、顔を背《そむ》けた。

龍之介は一瞬、竹刀の鍔《つば》で優美を押して飛び退いた。

同時に、竹刀を引きながら、竹刀で優美の肩をとんと軽く突いた。竹刀を下段に構えて残心した。

瞬間、静寂が道場を包んだ。

優美は真っ赤な顔で、口惜しそうに唇を嚙んでいた。

「一本！　望月」

やや遅れて照姫が龍之介に手を上げた。

照姫は眉を吊り上げていた。

「なんです、いまの仕合いは？　見てられない」

「照姫様、申し訳ありません。みっともない負け方をして」

優美が慌てて薙刀を持ち直して、座り直した。

「もう一度、立合いをさせてください」

「だめです。負けは負け。望月、今度はわたしがお相手します」

「しかし、照姫様」

「望月、黙らっしゃい。さあ、用意を」

照姫は、自分の木薙刀を小脇に構え、さっさと右の位置に移った。

稽古着姿の女子たちは、一斉に壁際に寄って座った。みんな固唾《かたず》を呑んで、照姫と龍之介の二人を凝視《ぎょうし》している。

照姫は顔を険しくしていった。

「さあ、会津の男の子なら、逃げずに挑戦を受けるべきですよ。それとも卑怯者になりたいのですか？」

「分かりました。お相手いたします」

龍之介は覚悟を決め、左側に正座した。

「小嵐、あなたが判じ役ですよ」

「はいッ」

小嵐は急いで二人の間に立ち、間を開けた。

「互いに、礼ッ」

照姫と龍之介は、互いに相手を見ながら、頭を下げた。

「では、はじめ！」

龍之介はすかさず、後ろに退き、大きく間合いをとって、竹刀を青眼に構えた。

照姫は木薙刀を頭上に上げ、ぐるぐると勢い良く回転させはじめた。木薙刀は、びゅうびゅうと唸りを上げて回転する。さすが、照姫の木薙刀の勢いは力が籠もっている。

照姫は打ち込む隙を探し、木薙刀を縦横無尽《じゅうおうむじん》に振り回していた。じりじりっと足を前に進め、龍之介との間合いを詰めはじめた。

照姫が摺り足で前に出ようとした瞬間、龍之介は竹刀を上段に振り上げ、照姫に突進しながら、竹刀を投げ付けた。

キエエイ！

照姫は慌てて木薙刀の柄で竹刀を打ち払おうとした。同時に龍之介は木薙刀の柄を両手でしっかりと摑んでいた。

「な、何をする」

「姫、御免」

龍之介は木薙刀を両手で握ったまま、照姫を振り回した。照姫は慌てて、木薙刀を握ったまま押し返そうとしたが、かえって体が崩れた。

「トウッ」

龍之介は照姫の足に足をかけて、床に投げ飛ばした。

照姫は思わず木薙刀から手を離し、床にどうっと転がった。

「よーし、そこまで」

道場の入り口から、大声が上がった。

「龍之介の勝ちだ」

小嵐は思わず、龍之介に手を上げた。ついで、そう叫んだ声の主を探して、出入口を見た。

そこには指南役の佐川官兵衛が立っていた。後ろでは師範の伴康介や師範代の相馬力男が苦笑いしていた。

「なんです、あなたたちは?」

照姫は彩や優美たちに助け起こされながら、声を上げた。照姫は腰をさすっていた。

龍之介は竹刀を取り、小嵐に戻しながら、床に正座した。

「龍之介、どうして、おぬし、女子の道場に来て、こんな騒ぎを起こしたのだ？」

佐川官兵衛は笑いながら、龍之介に尋ねた。

「申し訳ありません。それがしが、悪いのです」

「いいえ。望月はちっとも悪くありません。わたしが小嵐に頼んで、望月を呼んでもらったのです。最近、望月という腕を上げている門弟がいるとお聞きしたもので、ここで、腕を試していたのです」

「さようでござったか」

佐川官兵衛は笑いながら伴康介師範と顔を見合わせた。

「それで、いかがでござったかな？」

「望月は聞きしに勝る剣士と見ました。うちの筆頭門弟の優美を破ったばかりか、奇《き》計《けい》を使ってわたしまで倒したのですから。憎たらしいけど、頭のいい男子だと分かりました」

照姫は口惜しそうにいい、龍之介を睨んだ。だが、その目には優しい笑みの光があった。

「龍之介、照姫様に礼をいえ。照姫様が直々《じきじき》におぬしを呼んだとなれば、日新館としては何のお咎《とが》めもない」

指南役の佐川官兵衛はにやにやと笑った。

「だが、次は許されぬぞ。わしたちに無断で女子の道場に出入りしてはいかん。分かったか」

「分かりました。照姫様、ご無礼いたしました。どうぞ、お許しください」

龍之介は照姫の前で平伏した。小嵐も一緒に平伏した。

「お許しください」

「小嵐、おぬしはいい友を持っておりますね。望月、おぬしに投げられたこと、決して忘れませんよ。次の機会があれば、わたしが投げ返します」

「はい。それがしも、楽しみにいたしております」

龍之介はそういって顔を上げた。満面に笑みを浮かべた優美と彩が、龍之介を見ていた。龍之介は慌てて、また頭を下げた。

「では、これにて、ごめんくださいませ」

龍之介は小嵐とほうほうの体《てい》で、薙刀道場から引き下がった。

龍之介と小嵐は講釈所に戻った。講釈所は、授業が終わり、誰もいなかった。

「いやあ。参った参った」

小嵐は畳の床に座り込んだ。

道場の方から、気合いや打ち込みで床を鳴らす音が響いて来る。

「おい、小次郎、優美という女子、強いがいい女子ではないか」

「そうだろう？」

「おまえが熱を上げるのも、分からないでもないな」

「龍之介、おまえ、優美を押し倒した時、優美の乳を押したんじゃないのか？」

「そうだったかな」

龍之介はにやっと笑った。

「畜生、そうじゃないか、とあの時思ったんだ。なんてやつだ。それがしの……」

「うそだよ。そんな余裕はなかった。それに、おぬしが想い焦がれている女子に、それがしがそんなことをするわけないだろう」

「そうだよな。おれは、おぬしを一時でも疑ってしまった。情けない。でも……」

小嵐は向き直った。

「最後のお別れの時の、優美の顔を見たか」

「いや。見てない」

龍之介はとっさに嘘をついた。優美の目が自分を親しげに見ていた。同じく、彩も我を忘れたような目付きで自分の方を見ていた。

「ほんとか？」

「おれは、彩の方が気に入った。ほれ、これを返すのも忘れてしまった」

龍之介は外した襷の布紐を懐から取り出した。布紐からは、彩の汗や化粧の匂いが残り香となっていた。

「ほれ、この匂いを嗅いでみろ」

龍之介は布紐を小嵐の前に突き出した。

小嵐は鼻をくんくんさせて、匂いを嗅いだ。

「ほんとだ。いいなあ。龍之介は、こんなお土産を貰って」

「だから、安心しろ。おれは、彩の方がいい。優美はおぬしに任せた」

「分かった。ううむ」

小嵐は大きく息を吸い、うれしそうに笑った。

「なにより、友情が大事だ。友を裏切るような真似はできん」

龍之介は桃色の布紐を丸め、大事そうに懐に戻した。彩のぬくもりが布紐に残っているように思った。

同時に立合いで、竹刀もろとも体当たりした時、たしかに手の甲に優美の胸の柔らかさを感じていた。そのことは、小嵐はいうまい、と心に決めた。

心で思うだけなら、友を裏切ることにはならない、と勝手に思うのだった。

戟門から太鼓の音が鳴り響いた。

終業の時になった報せだ。

「じゃあ、また明日な」

龍之介は立ち上がり、小嵐に別れの挨拶をした。

「今日はありがとうな、龍之介」

「なんのなんの、これしき」

「実は、もう一つ話しておきたいことがあったんだ」

小嵐は憂い顔でいった。

「何かまだ心配事があるのか？」

「あの優美様には、それがしとは別に惚れている男がもう一人いると分かったんだ」

「恋敵《こいがたき》がいるというのか？　いったい誰だ、そいつは？」

「秋月明史郎だと分かった」

「秋月だって」

龍之介は驚いた。

「じゃあな」

小嵐は、手を上げ、そそくさと廊下を歩き去った。

秋月明史郎もか。龍之介は愕然《がくぜん》とした。

小嵐には黙っていたが、己れも彩と優美の間で心が揺れていた。どちらも会ったばかりだというのに、おれはなんという浮気な男なのか。

龍之介は自己嫌悪に陥《おちい》っていた。

第三章　青年は荒野をめざす

一

北風に枯葉が、空に舞っている。あたかも、小鳥の群れが飛び回っているかのように。

龍之介は立ち止まり、枯葉の舞いに見とれていた。

遠くに見える磐梯山も少し前までは、全山紅葉して錦色に輝いていたが、いまは色褪せて、山頂は白と黒のまだら模様になっていた。昨夜、雪が降ったのだろう。

日新館の庭の銀杏も、ほぼ落葉し、枯れ枝の木に変貌していた。地面に無数に落ちていた銀杏の実は近所の人たちに拾われ、すっかりなくなっていた。

「何かおもしろいことないかな」

龍之介は歩きながら権之助に話しかけるともなく話しかけた。そうはいったものの、龍之介自身、おもしろいことなんか何もないことは分かっていた。ただ、愚痴をいってみただけだった。

「おもしろいこと？　ないね」

権之助はあっさりと答えた。九三郎は頭を抱《かか》えた。

「そんなことより、期末考査で頭がいっぱいだ。おれはまだ課題の論文を書いていない。明仁、おまえはいいよな。漢籍は得意だしな」

「そんなことない。やれば誰でもできるもんだ」

鹿島明仁は、五人の中では、論語の解釈で、いつも優秀な成績を取っていた。

文治郎が哀願口調でいった。

「明仁、頼む。おれの代わりに論文を書いてくれんか？」

「…………」

明仁は困った顔になった。

龍之介が明仁に代わっていった。

「そりゃだめだ。おまえと明仁では筆跡がまるで違う。明仁はいつも綺麗な文字を書くが、おまえといったら、人に見せられる字ではない」

文治郎はむっとした顔になった。

「そういう龍之介、おまえはもう書いたのか？」

「一応、書いて先生に提出した」

「何を書いたのだ？」

「課題の二だ」

鹿島明仁が目を細めた。

「君子曰く、学は以て已《や》むべからず、だな」

明仁は荀子《じゅんし》の勧学篇《かんがくへん》の冒頭を暗誦した。

「うむ、荀子の勧学篇を読み、何を思ったかを記せ、だ」

権之助が尋ねた。

「で、先生の評価は？」

「分からん。それに、まだ口頭試問《こうとうしもん》がある」

龍之介は自信があった。自分なりに荀子は読み込んである。荀子の性悪説《せいあくせつ》は、自分の性《しょう》に合っているように思った。

文治郎がため息をついた。

「おまえら、いいよなあ。おれは漢籍は、どうも苦手だ。いくら読んでも、さっぱり頭に入って来ない。ほんとに読書百遍、意自《いおの》ずから通ずってことあるのかな。おれは百遍読む前に眠くなってしまう」

「文治郎、おまえ、漢詩は好きじゃなかったか」

「いや。漢詩ではない。おれは和歌なら好きだ。百人一首なら、全部暗誦《あんしょう》してある」

龍之介たちは照妙寺《しょうみょうじ》の門に差しかかった。

門前に藩校帰りの上級生たちが七、八人屯《たむろ》していた。上級生たちのなかに嵐山光毅の顔があった。日新館を陰で支配している嵐山一派だ。様子がおかしい。雰囲気が悪い。

やばい、と龍之介は権之助や明仁たちに目を流した。避けて通ろう。

龍之介たちは彼らと目が合わないように、踵《きびす》を返し、引き返そうとした。

「おい、そこの下級生ども、待て」

「…………」龍之介たちは黙って歩きつづけた。

「上級生のおれたちに、なんの挨拶もできんというのか」

「けしからん。待て待て」

「生意気なやつらだ」

「おまえら、日新館の掟を破るのか。目上を敬えというのを忘れたか」

「嵐山さん、こいつら、どうします？」

「貴様ら、逃げようとしたのか。この卑怯者たちめが」

上級生たちは追い掛けて来そうだった。

「おれたちですか？」

龍之介は仕方なく足を止め、振り返った。

卑怯者呼ばわりされて、逃げるわけにはいかない。

権之助も明仁、九三郎、文治郎も龍之介に合わせて足を止めた。

「おまえらのほかに誰がいるというんだ？」

津川泰助《つがわたいすけ》という上級生だった。嵐山光毅の一の子分で、剣の腕も立つ。道場では席次五番の高弟として知られている。

「おまえら、おれたちと知って、なぜ、逃げる？」

「先輩たちに何かいちゃもんをつけられるのではないか、と思って……」

権之助が正直にいった。

津川は「けっ」と笑った。

「なんだと。おれたちがいちゃもんつけるってえのか」

「はい」龍之介は足を踏張って答えた。

おそらく殴られる、と覚悟した。

「貴様ら、おれたちを馬鹿にするのか」

石根彦次郎《いしねひこじろう》が怒鳴った。

石根彦次郎は津川と同様、嵐山の右腕のような男だ。石根彦次郎は肩に木刀を担いでいた。

「申し訳ありません」

龍之介は謝った。権之助たちも慌てて頭を下げた。

「どうします、嵐山さん」

津川が訊いた。嵐山だけは羽織をつけ、腕組みをし、龍之介たちを睨んでいた。

「まあ、いい。望月、それから、おまえらに頼みがある。頼まれてくれるか?」

「……頼みですか」

龍之介は戸惑い、権之助たちと顔を見合わせた。

「そうだ」

「どんな頼みですか?」

権之助が不審気な顔をした。

津川も石根も、嵐山の頼みという言葉に驚いて顔を見合わせていた。

「これから、町奴《まちやっこ》たちと出入りがあるんだ。力を貸してくれんか」

「出入り？」

龍之介は権之助たちと顔を見合わせた。

「うむ。故《ゆえ》あって喧嘩になる。敵は大勢だ。おぬしたちに加勢してもらいたい」

「いったい、何があったんです？」

龍之介は、なぜ、町奴たちと喧嘩になったのか、その理由を尋ねようとした。

「理由？」

嵐山はにやっと笑った。

「おぬし、義というものを知らんのか」

「義ですか」

「上級生のわしらが頼んでいる。それを理由次第で加勢をするか否《いな》かを決めようというのか？」

「はい。嵐山さんたちに、正義の理由があれば、喜んで御加勢いたしましょう。なければ、加勢しません」

「なんだと」

津川が気色《けしき》ばんだ。石根をはじめ、上級生たちが怒気《どき》を孕《はら》んで、龍之介に詰め寄ろうとした。

「待て、津川。ほかの者たちも手を出すな」

嵐山が手でみんなを制した。

龍之介は敢然と胸を張った。

「喧嘩の理由、お聞かせください」

「ははは。女だ。女郎《じょろう》の取り合いだ」

「女郎の取り合いですか」

龍之介は呆《あき》れて、権之助たちと顔を見合わせた。

「呆れたか？　女郎とて女子だ。惚れた女子の取り合いが、なぜ、悪い？」

「いや、悪いというわけではありませんが」

龍之介は言葉に詰まった。

照妙寺の境内から、足音がした。一人の上級生が駆けて来た。小柄な体付きの堀田《ほった》正人《まさと》だった。堀田正人も嵐山の子分の一人だ。

「嵐山さん、来ました」

「来たか」

嵐山は目を剝いた。

「相手の人数は？」

「およそ三十」

「よかろう。少ないよりは多い方がやりがいがある」

嵐山は嘯《うそぶ》き、背にまとっていた黒羽織をはらりと脱いだ。

「行くぞ」

「おうっ」

津川、石根たち仲間が一斉に声を上げた。

嵐山一派の藩校生たちは、手に手に木刀を握っていた。腰には小刀は差しているが、大刀は佩《は》いていない。日新館への行き帰りには、大刀は携えない決まりになっていた。

嵐山は山門を潜り、境内に入って行った。津川、石根たち仲間がぞろぞろと嵐山に付いていく。

「龍之介、どうする？」

権之助が怖ず怖ずと訊いた。龍之介は唸った。

「敵は三十、嵐山さんたちは八人か」

「龍之介、やめよう。女子、それも女郎の取り合いの喧嘩に加勢は御免だ」

権之助がいった。

「やめるのに賛成。怪我するだけだ」

九三郎がため息をついた。文治郎も逃げ腰でいった。

「相手は町奴の荒くれ者たちだろう？　みな、喧嘩慣れしている。手強《てごわ》いぜ」

鹿島明仁が呟くようにいった。

「だけど、多勢に無勢を見て、見ぬふりをするってのかい」

龍之介は山門から境内を覗いた。

鐘楼《しょうろう》のまわりで喧嘩が始まった。町奴らしい荒くれ者たちは、手に手に鉤手《かぎて》の杖や丸太を持って、嵐山たちを囲んでいる。形勢は、明らかに嵐山たちが劣勢になっていた。

龍之介は担いでいた竹刀から稽古着を外《はず》した。

「よし、おれは義によって加勢する」

龍之介は稽古着や書籍を入れた風呂敷包みを山門の陰に置いた。

そして竹刀を手に喧嘩の群れに駆け出した。

「待て待て。仕方ない、義によって助太刀《すけだち》いたす」

権之助が竹刀に括り付けてあった稽古着を外し、竹刀を手に龍之介に続いた。九三郎も文治郎も明仁も互いに顔を見合わせた。

明仁がいった。

「義を見てせざるは勇無きなり。『論語』為政《いせい》」

「義かあ、じゃあ、仕方ねえべ」と九三郎。

「うむ。行くしかねえべな」

文治郎もため息をついた。

九三郎と文治郎、明仁は稽古着などの手荷物を山門の陰に置き、竹刀をかざして龍之介たちの後を追った。

「御加勢いたす！」

「おーッ」

龍之介たち五人は喚声《かんせい》を上げて、大立回りをしている喧嘩の渦《うず》に飛び込んで行った。

二

「馬鹿者！　揃いも揃って、日新館の名を汚《けが》しおって」

師範代相馬力男の怒声が道場に響き渡った。

神棚がある見所《けんぞ》の前に、嵐山をはじめとする津川、石根、堀田たち八人と、その横に龍之介たち五人が並んで正座していた。

全員が頭や手足に傷を負い、血が滲《にじ》んだ包帯をぐるぐる巻きにしている。

見所には、指南役佐川官兵衛がむっつりとした顔で座っていた。隣に首席師範の伴康介が正座し、腕組みをしている。

師範代の相馬力男が竹刀を手に嵐山たち上級生たち、龍之介たち下級生たちの前を、荒々しく行ったり来たりしていた。

「嵐山、門弟筆頭のおぬしが率先して喧嘩をやったとは呆れ返った。おぬしは、門弟たちの模範となる高弟ではないか。そのおぬしが、なんということをしたのだ？」

「はいッ。申し訳ございません」

嵐山は血塗《ちまみ》れの包帯を巻いた頭を下げて、佐川官兵衛の前に平伏した。併《あわ》せて、津川、石根たちも一緒に平伏した。

「望月、それにおまえたちは、嵐山たちに加勢した？　義を見てせざるは勇無きなりだあ？　馬鹿者！　両者の喧嘩を止めるならともかく、逆に喧嘩に加わるとは何事だ！　誰がそんなことを教えた！」

「申し訳ございません」

龍之介も佐川官兵衛に頭を下げ、平伏した。

権之助、九三郎たちも一緒に平伏した。

伴康介師範が口を開いた。

「嵐山、何ゆえ、町奴ややくざ者たちと諍《いさか》いごとになったのか、申し開きしたいことがあろう。申せ」

「申し開きしたいことは何もありません。すべては、それがしの不徳の致すところでござる」

「その不徳と申すは、なんだ？」

「申し上げられません」

嵐山は答えなかった。伴康介は、嵐山の右隣で平伏した津川泰助に訊いた。

「津川、おぬし、嵐山の不徳というのはなんのことなのか、申せ」

「それがし、嵐山とともにあります。申し開きすることはありません」

津川泰助は下を向いたままいった。伴康介師範は、今度は嵐山の左隣に座った石根彦次郎を指した。

「それがし、津川泰助に同じにござる」

石根彦次郎は決然とそう答えた。伴康介は呆れた顔で石根の隣の堀田正人に訊いた。

「堀田は？」

「右に同じにござる」

伴康介は諦めた顔になった。

「嵐山、おぬしの同輩たちは、誰も喋らぬらしいな」

嵐山は平伏しながら顔を上げずにいった。

「どうしても申し開きをせよ、と仰せられるなら、一言、申し上げます」

「なんだ?」

「ならぬことはならぬものでござる」

佐川官兵衛は伴康介と顔を見合わせて笑った。

「さようか。ならぬことはならぬものだというのだな」

嵐山は顔を上げた。

「はい」

「わかった。これ以上は問うまい」

佐川官兵衛は伴康介と顔を寄せ合い、何事か言葉を交わした。

伴康介の声が響いた。

「望月、顔を上げい」

龍之介は恐る恐る顔を上げた。

「おぬしたちは、なぜ、嵐山たちに加勢したのだ？」

龍之介は一瞬、言葉に詰まった。

「嵐山の喧嘩の理由を知っての上でのことだろうな」

「いえ。理由は存じません」

「なに？　喧嘩の訳も知らずに喧嘩に加わったと申すのか？」

「はい」

「なぜ、そんなことをした？」

龍之介はちらりと平伏している嵐山の顔を見た。嵐山は目を閉じていた。

嵐山は、惚れた女子の取り合い、といっていた。女郎を巡る諍いだと聞いた。そんな喧嘩に、なぜ、自分たちは加勢してしまったのか。嵐山たちは、ならぬものはならぬことといいはることが出来ようが、自分たちには、そうした理由はない。

「申せ」

「はい。それがしたちも、ならぬことはならぬものだったからでございます」

伴康介は顔をしかめた。

「何が、ならぬことだと申すのだ？　嵐山が、そういって許されたからといって、おぬしたちには通用せぬぞ。いうてみい」

「相手は荒くれ者三十人余、対する嵐山殿たち先輩は八人。明らかに多勢に無勢、劣勢でござった。先輩たちが窮地に陥っているのを黙って見過ごすような卑怯な真似は士道に悖《もと》りましょう。我が日新館六行《りっこう》に反します」

龍之介は胸を張り、権之助たちに目を向けた。権之助たちも、そうだそうだとうなずいていた。

日新館には、六つの守るべき行いと礼儀作法を定めた「六行」という規則がある。「父母によく仕えて、孝道を尽くせ」とかいった内容の規則で、その一つに「親族や友人に災難が降りかかったら、救いの手を延ばせ」という定めがあった。

伴康介は佐川官兵衛と顔を見合わせた。佐川官兵衛は笑みを浮かべながらうなずいた。

「うむ。よかろう。今回は、おぬしたちにも理があったと認めよう。だが、それにしても、おまえたち、よくも暴れたものだな。相手から、訴えがあった。相手はほぼ全員が怪我をしている。うち四人は腕や脚を骨折する重傷を負った。それで、相手側から、おぬしたち全員の厳しい処罰を求められている。だが、私は喧嘩両成敗《りょうせいばい》として、当方も処罰するが、相手側の処罰も求めた。そう申したら、相手側は以後、何もいわなくなった」

伴康介が笑った。

「それにしても、おまえたち、よくぞ喧嘩に負けなかったものだ」

「こちらも全員が怪我をしたものの、大した怪我はなくてよかった。喧嘩に慣れているやくざや町奴たちを相手によくぞ勝ったものだ。呆れると同時に感心した」

伴康介は佐川官兵衛と顔を見合わせて、苦笑いした。

佐川官兵衛と伴康介は、もし、負けていたら、日新館道場の名折れだ、と言外《げんがい》にいっていた。

佐川官兵衛は、全員を見渡した。

「おぬしたちに対する処罰だが、全員に共同責任として、十日間の自宅謹慎を命じる。もちろん、その間の日新館への出入りは禁止だ」

「先生、期末考査は、どうなりましょう?」

鹿島明仁が慌てて訊いた。

「自宅謹慎ということは、原則、受けられないということだ」

「まさか。先生、それでは、それがしたち落第になります」

明仁は泣きそうな顔になった。

「おぬしら、それだけの悪行《あくぎょう》を働いたのだ。当然だろうが」

伴康介はにんまりと笑った。

「そんな殺生《せっしょう》な」

小野権之助が困った顔になった。龍之介は堪《たま》りかねていった。

「先生、加勢しようと申したのは、それがしです。鹿島明仁や小野権之助たちは、ただ従っただけ。罰するなら、それがし一人に」

嵐山も大声でいった。

「いやいや。この度《たび》の喧嘩騒動は、それがしが起こしたもの。責任のすべては、それがしにあります。望月たちは我らの窮状を見かねて、たまたま加勢したまででござる。望月たちの処分はお許し願えませんか。それがしたちは、謹慎でもなんでも罰を受ける覚悟にございます。なにとぞ、望月たちはお許しを」

佐川官兵衛は厳しい顔でいった。

「ならぬ。我が藩では、私戦はご法度《はっと》としている。首謀者はもちろん、付和雷同《ふわらいどう》して参戦した者は、全員共同責任を取らせる。謹慎十日という処分は甘すぎるものだ。相手に重傷者四人も出させただけでも、本当は日新館の名誉を汚したとして、退学処分が相当になる。それを出さなかったというだけでも有り難いと思え」

退学処分と聞いて、龍之介や権之助、明仁たちは震え上がった。

「まだ処分に不満があるというのか。不満があるなら、もっと厳しい処分を出すが、よいか」

佐川官兵衛はぎろりと目を剝いた。

「め、滅相《めっそう》もないこと」

「ご勘弁ください」

龍之介や明仁、権之助たちは、一斉にひれふした。

嵐山たちも、恭順《きょうじゅん》の姿勢を見せて、一緒に平伏していた。

三

嵐山仁兵衛や小野大吉ら親たちが佐川官兵衛にかけ合い、結局、十日間の自宅謹慎は五日間に減刑された。日新館の恩情でもある。

その五日間の自宅謹慎がようやく終了した。

自宅から一歩も外に出られないということが、いかに退屈なことだったか。

謹慎が解かれた日、龍之介は早速、稽古着を竹刀に差して担ぎ、喜び勇んで日新館に登校した。

龍之介は道場に行く前に、講釈所に顔を出した。鹿島明仁が、一人机に向かっていた。

鹿島明仁も謹慎明けと同時に、いち早く日新館に駆け付けていた。

龍之介は隣にどっかりと座った。

「退屈だったなあ。みんなに会って話がしたかった」

「いや、それがしは、別に退屈はしていなかったが」

「明仁、おぬしは、謹慎中、何をしておったのだ？」

「この機会にと、課題に出されていた荀子、韓非子《かんぴし》を読み漁《あさ》っていたから、少しも退屈ではなかった」

「そうか。明仁は、書の紙魚《しみ》みたいだからなあ。読書のいい機会になったろうな」

明仁は満更《まんざら》でもない顔をした。

やがて五月女文治郎、河原九三郎、小野権之助の面々も、大勢の藩校生に混じって姿を現わした。わずか五日間会わなかっただけなのに、互いに何ヵ月も会っていないような新鮮な気持ちになった。

五日間は、怪我をしたみんなのいい療養期間にもなった。誰も怪我が治り、包帯が取れていた。

九三郎は会うなりいった。

「龍之介、ほんとに真面目に自宅に謹慎しておったのか？」

「もちろんだ。まさか、おまえは……」

「ないない。抜け出すようなことはしない。万一、外をうろついているところを、先生に見つかったら、えらいことになるからな。それでなくても、うちの両親はかんかんに怒っている。もし万が一、外に出たことが分かったら、座敷牢送りだ」

九三郎は首をすくめた。文治郎があたりを見回した。

「聞いたか？　すごい噂が出回っている。おれたちは、一躍《いちやく》英雄扱いになっている」

「どういうことだ」

龍之介は訝《いぶか》った。

「町奴ややくざたちに攻められて、袋叩きにされかけていた嵐山たちを、おれたち五人が駆け付け、ばったばったと敵を打ち倒して、助け出したということになっている」

九三郎はあたりに気を配りながら、龍之介に囁いた。

実際は、鳶口《とびくち》や棍棒を振り回す荒くれ者たちに龍之介たち五人が突進し、竹刀で手厳しく打ち据えたため、相手は思わぬ敵の出現に、総崩れになっただけだ。相手に手足の骨折や肋骨を折るような負傷者が出たのは、実は嵐山たちが木刀で応戦した結果で、龍之介たちの戦果ではない。

権之助がみんなに講釈所の出入口を目で見ろと指した。

「おい、注意しろ。紫衛門《むらさきえもん》が来るぞ。あいつら、おれたちに何か文句をいって来るかも知れない」

「紫衛門」は、龍之介たちが紫紐組《ひもぐみ》の常上士の息子連中を揶揄《やゆ》してつけた名称だった。

会津藩士には身につける紐の色で区別する厳格な身分制度があった。最上級は紫紐組の御敷居内常上士で、御大老、御家老、若年寄の役職。次は青《あお》紐組の御敷居内常上士で、奉行や御用人、御側、大目付などの役職。順位三番目の身分は、常上士の黒紐格上だ。その下には、黒紐格下の上士、紺《こん》紐組の上士、そのまた下が花色《はないろ》紐組の上士となる。それ以下の身分の色分けは、茶《ちゃ》紐の中士、萌黄《もえぎ》紐の中士になる。下士には色はない。

紫色の袴《はかま》は平安時代の女官が穿《は》いたもので、紫衛門と呼ばれていた。そこで、龍之介たちも、紫紐組をからかい半分に陰でそう呼んでいた。

入り口に立った大柄な藩校生が、龍之介たちを指差して、傍《かたわ》らに立つ北原従太郎《きたはらじゅうたろう》に何事かをいった。

北原従太郎は、うなずき、数人の仲間を従えて部屋に入って来た。居並んだ机の側《そば》にいた下級生たちは、一斉に身を下げ、行く手を空けた。北原従太郎は堂々とした態度で畳の上を歩き、真直ぐに龍之介たちが屯する場所に向かって歩いて来る。

「まずい。紫衛門たち、本当にこっちにやって来るぞ」

文治郎が唸った。

「何しにわしらのところにやって来るんだ？」

九三郎が訝った。権之助が小声でいった。

「きっと、嵐山組の助太刀をしたことについて、文句をいって来るんだろう」

龍之介も権之助のいう通りだ、と思った。

北原従太郎は、事あるごとに、嵐山組と対立している。今度の奉納仕合いでも、裏で熾烈《しれつ》な代表争いがあると聞いていた。

北原従太郎の父北原嘉門《かもん》は若年寄で、紫紐組の御敷居内常上士だ。会津藩では最上級の階層に属する。北原嘉門はいずれ、家老になると嘱望《しょくぼう》される要路だった。北原従太郎は、その父の威光を笠に着て、藩校生たちを従え、徒党を組んでいた。

日新館内では、一応、上士も中士も下級武士も分け隔てなく、学問や武芸を習うことになっていたが、それでも自然に身分の違いが意識され、上士の子は上士の子たちで集まり、それに対抗する形で中士の子たちや下士の子たちが徒党を組むことが多かった。

常上士の北原組と並んで、やはり上士の嵐山光毅率いる嵐山組が大きな勢力を誇っていた。

龍之介は、父牧之介が御用所密事頭取という役職のため、一応身分は上士ではあるが、花色紐組という上士でも一番低い身分だった。龍之介は什を出ても、北原組、嵐山組のどちらにも加わっていない。もともと、誰かの下に集まった派閥や徒党が嫌いだった。自由でいたい、誰かに束縛されるのは嫌だ。そんな龍之介だったので、自然に気心が分かる什の仲間の、権之助や九三郎、明仁、文治郎たちが引き続き集まっていたのだ。彼らは、やはり上士の鹿島明仁を除き、みな茶紐の中士だった。

嵐山光毅は郡奉行嵐山仁兵衛の次男坊で部屋住みの身だ。父親の嵐山仁兵衛は、磐梯地方の田舎に住む有力な郷士で、地元の村長だったが、藩の命《めい》を受け、阿賀野川《あがのがわ》周辺の森林伐採をし、荒地の開墾事業を進めて、大規模な新田開発を行なった。その結果、藩の米の生産を飛躍的に増やすことが出来た。

藩主や家老たちは、その功績を認め、嵐山仁兵衛を郷士から一挙に黒紐格下の上士に引き上げ、郡奉行に登用し、知行も百五十石に増やした。

郡奉行に登用された嵐山は、農業だけでなく、地元磐梯の桐や杉を育てる林業にも辣腕《らつわん》を振るい、会津藩の農林業は近年になく盛んになった。

田舎の郷士から黒紐格下の上士に成り上がった嵐山家は、みんなからやっかみ半分に羨まれ、「成り上がり上士」と陰口を叩かれた。

だが、嵐山光毅は日新館に入ると、見る間《ま》に頭角《とうかく》を現わした。学問の成績は常に上位となり、道場でも剣術の腕を発揮し、たちまち高弟たちを追い抜いて、門弟首座となった。

そうしたこともあって、嵐山光毅は、誰からも一目《もく》も二目も置かれ、上士の子弟よりも、茶紐組の中士の子弟や、徒侍《かちざむらい》や足軽など下級武士の子弟たちの信望があった。日新館では、嵐山組は、北原たち常上士組に対抗する勢力になっていた。

だが、嵐山光毅自身は、中士や下士たちからの信望があることを、逆に迷惑がっていた。そのため、嵐山はいつも反抗的な態度で、傍若無人《ぼうじゃくぶじん》に振る舞っていた。嵐山は、いつも、顰蹙《ひんしゅく》を買うような理不尽な振る舞いをし、なぜか人に嫌われるようなことをしていた。

龍之介は嵐山がなぜ、そんなに暴力を振るい、人に嫌われるようなことをするのか、まったく分からなかった。

正直いって、いつも偉そうにしている常上士の北原従太郎は嫌いだったが、それ以上に粗暴な嵐山光毅も嫌いだった。

北原従太郎は、真直ぐに龍之介のところにやって来た。

龍之介は座り直し、北原従太郎に頭を下げて挨拶した。年上の上級生には常に礼を尽くさねばならない。傍らで権之助たちも正座し、頭を下げている。

「おい、望月、おまえに話がある」

北原従太郎は立ったまま、周りにも聞こえるように大声でいった。

「ちと、顔を貸せ」

北原従太郎は、傍らにいる子分の藩校生に、くいっと顎をしゃくった。

「ついて来い」

「はいッ」

龍之介は返事をし、立ち上がった。

いやだとはいえない。年長者に逆らうことは許されない。

子分たちが龍之介の左右、背後についた。逃げないように用心しているのだ。

歩きながら、ちらりと権之助たちに目をやった。権之助たちは、みな心配そうな顔で龍之介を見ていた。

権之助と九三郎は片膝立ちで、もし、龍之介の身に何かあったら、いつでも駆け付けるという構えだった。

大丈夫だ、安心しろ、と龍之介は権之助たちにうなずいた。

左右の上級生たちは顔は知っていた。左の藩校生は後藤修次郎《ごとうしゅうじろう》、右に控えているのは、佐々木元五郎《ささきげんごろう》。二人とも、席次十番以内に入る高弟だ。背後についた上級生は名前は知らない。しかし、道場でもよく見かける顔で、やはりかなりの剣の腕前だった。

先に立って歩く北原は廊下から中庭に出、大成殿《たいせいでん》の後ろにある社の陰に、龍之介を連れて行った。

その社の陰は、周囲の回廊のどこからも見えない箇所になり、密談をするのに絶好の場所だった。

日新館には、自分がまだ知らない、こんな場所があったのか。龍之介は変に感心した。どうやら、北原たちは、こうした秘密の場所をいくつか知っている様子だった。

北原従太郎は振り向くと、目を細めながら、酷薄《こくはく》な笑みを浮かべた。

「望月、おまえ、なぜ、あんな成り上がりの芋サムライの嵐山を助けたんだ？」

龍之介は、むっとした。嵐山は好きではないが、成り上がりとか芋サムライだから、ということではない。

「別に助けたわけではありません」

「そうかな。聞くところによると、おまえを先頭に『御加勢いたす』と喚声を上げて、相手に襲いかかり、背後から竹刀や木刀でめった打ちしたそうではないか。それで、劣勢だった嵐山組の連中は盛り返し、相手を敗走させたと聞いたぞ」

「われらは竹刀は使いましたが、木刀は使っていません。使ったのは嵐山さんたちだ」

　自分たちが、もし、木刀を振るっていたら、相手にもっと重傷者が出ていただろう、と龍之介は内心で思った。

「嵐山さんねえ。あの女たらしの嵐山にさんづけするんだ。やはり、おまえは、嵐山派なんだな」

「いや、それは違う。さんづけして呼ぶのは、嵐山さんが目上の年長者だからです。什の掟で年長者を敬えという条があります。掟を守っただけです」

　北原従太郎はふんと鼻の先で笑った。

　龍之介は、北原がいった「女たらし」という言葉に引っ掛かった。

「嵐山さんが女たらし、というのは、どういうことなのですか？」

「なんだ、知らないのか」

北原は後藤修次郎や佐々木元五郎たちと顔を見合わせて、卑猥《ひわい》な笑い声を立てた。

「嵐山の所業を知らないで加勢したというのか？　おまえも馬鹿な野郎だな」

後藤修次郎が北原に同調するようにいった。

佐々木元五郎も嘲笑した。

「ほんとだぜ、嵐山はとんでもない女たらしだ。それに怒った町奴の三吉《さんきち》たちが嵐山を懲《こ》らしめようとしたというのに、おまえらの邪魔が入った」

「いったい、嵐山さんが何をしたというのですか？」

北原が真顔になった。

「ほんとに知らないんだな。じゃあ、教えてやろう。嵐山は、ある良家の子女を手ごめにしたんだ。それだけでなく、手ごめにした責任を取らず、婚約も破棄して逃げた。手ごめにされた女子は恥じて自害した」

「嵐山さんが、そんなことをしたのですか？」

「ああ。嵐山さんは、そんな男よ」

「その良家の子女というのは、誰です？」

北原は後藤と顔を見合わせた。

「そんなことがいえるか。その家名に疵《きず》がつくではないか」

「…………」

龍之介は考え込んだ。

北原はいった。

「それで済んだと思ったら、嵐山の野郎、今度は女郎屋に乗り込み、惚れた女郎を強引に抜け出させ、一緒に逃げ出そうとしたんだ。そのため、止めようとした廓《くるわ》の用心棒と争いになり、嵐山は、その用心棒を刀で叩き斬った」

「殺したというんですか？」

「いや、用心棒の命は助かった。斬られたところが急所ではなく、腕や足を斬られただけだった」

「…………」

龍之介は、なんということだ、と内心思った。

「それで、廓の主人は怒り、やくざの助五郎《すけごろう》親分に頼んで嵐山を少々懲《こ》らしめようとした。それを、あろうことか、おまえらが加勢して、大勢の怪我人を出してしまった。この始末、どうしてくれる、というのが、廓の主人や親分衆だ」

「ほんとなのですか？」

「疑うなら、嵐山本人に問い質《ただ》せばいい。やつが、正直にいうとは思わないがな」

龍之介は臍《ほぞ》を嚙んだ。

あの時は、同じ藩校生の嵐山たちが、多勢に無勢で、喧嘩に負けそうになったのを見て、後先を考えずに、加勢に飛び込んでしまった。いまさら、どうしようもない。なんという浅はかなことをしてしまったというのか？

「悪いことはいわない。望月、嵐山とは縁を切れ。でないと、町に出ても、安心して歩けないぞ。町奴の三吉たちや、やくざの助五郎親分の身内が、おまえらの顔を知っているから、やつらに会ったら、ただじゃ済まない」

「…………」

龍之介は弱ったことになったな、とため息をついた。

「だから、それがしが、三吉たちや助五郎親分に話をつけてやってもいいぞ。変な縁で、やつらと顔見知りだ。おぬしたちには、手を出すなといってやってもいい」

北原はにんまりと笑った。

龍之介は、北原の魂胆《こんたん》を見破った。

北原の仲間に入れば、守ってやるといっているのだ。それに、北原が三吉とかいう町奴や助五郎親分と顔見知りだというのも、胡散臭《うさんくさ》い話だ。北原の話には、何か裏がありそうだった。

「分かりました。それがし、一存《いちぞん》では答えられません。もともと、嵐山さんとは、我々は何の縁もありません。それがし、嵐山さんに直接お訊きします。いったい、どういうことなのか。北原さんがおっしゃっているように、良家の子女を手ごめにしたのか、女郎を連れ出して逃がそうとしたのかなども尋ねてみます」

「ははは。それがしを疑うと申すのか。よかろう、嵐山に問い質すがいいさ。ちゃんと答えるかどうか、知らぬけどな。だが、望月、騙《だま》されるなよ。嵐山は、女を口説《くど》くのも上手《うま》いが、嘘をつくのも上手いからな」

北原は後藤たちに目配せした。龍之介を囲んでいた後藤たちは、囲むのをやめた。

「では、失礼いたします」

龍之介は北原たちに腰を折って頭を下げ、社の陰から歩み出た。

北原たちは黙って龍之介の背中を見つめていた。大成殿の裏手には、いつの間にか、北原組の上級生たちが待機していた。彼らは龍之介が何事もなく戻って来たのを見て、囁き合っていた。

大成殿から回廊に戻ろうと歩み出した時、回廊の柱の陰で、心配顔の権之助たちが待っていた。

「龍之介、大丈夫だったか」

権之助が尋ねた。龍之介はうなずいた。

「大丈夫だ。心配をかけてすまんな」

「いや、なんのなんのこれしき」

権之助は笑いながら背後に木刀を隠した。明仁や九三郎、文治郎も竹刀や木刀を手にしていた。

四

その日の稽古は、いつになく手厳しいものだった。

龍之介は、師範代の相馬力男をはじめ、五人いる師範代から、ほとんど休みもなく、稽古をつけられた。

権之助たちも、みな師範代から厳しく稽古をつけられていた。

戟門から、稽古終業の太鼓が鳴り響いて、ようやく稽古が終わり、龍之介をはじめ、五人全員が道場の床にへたり込んだ。

だが、嵐山たち八人は龍之介たち以上に厳しく稽古させられていた。伴康介師範自らが率先して稽古に立つだけでなく、他の師範や師範代も、入れ代わり立ち代わり、嵐山たちに稽古をつけていた。

終了の太鼓の後も、八人は居残り稽古を命じられ、あたりが暗くなっても、稽古が続いていた。

龍之介は、しばらく道場の隅《すみ》で、稽古が終わるのを待っていたが、稽古でくたくたに疲れている嵐山を見て気の毒になり、その日は話を聞くのを断念した。

翌日も翌々日も、嵐山たちへの懲罰のような稽古が続いていた。嵐山をはじめ、ほかの連中も弱音を吐かず、必死に師範や師範代に食らい付いている姿を見て、龍之介は、北原従太郎の話は本当なのだろうか、と疑いを抱いた。

龍之介は、北原従太郎から聞いた話を、権之助をはじめとする面々に話して聞かせた。

全員が嵐山に怒り、幻滅《げんめつ》したといったが、龍之介はみんなに手分けして、北原が話したような出来事があったかどうかを調べるようにいった。

龍之介も姉の加世に、知り合いの間で突然婚約が破談になった話や男と女の不祥事の噂はないか、とそれとなく訊いたが、あまり目新しい噂はなかった。

期末考査の期限が迫り、龍之介たちは余計なことに頭を悩ますのをやめて、小論文書きに没頭した。

龍之介が書学寮の部屋に籠もって韓非子についての小論を書いている時、突然、権之助が部屋にやって来て、小声でいった。

「おい、龍之介、話がある」

龍之介は部屋の中を見回した。四、五人の生徒が筆を紙に走らせていた。

「すぐに出る」

龍之介はほかの藩校生の邪魔にならないよう、すぐさま部屋から廊下に出た。

権之助は腕組みをし、深刻な顔をしていた。

廊下は人気《ひとけ》なく静まり返っていた。権之助は龍之介を見るとほっとした顔になった。

龍之介は廊下の窓際に権之助を寄せた。

「嵐山さんは指南役の佐川官兵衛先生から呼び出され、廓通いを厳禁されたそうだ」

「いつ？」

「つい先だってだ。あの喧嘩騒ぎの後のことだ」

「やはり廓通いをしていたのか」

龍之介は北原の話がまんざら嘘ではなかったのか、と思い、少しがっかりした。

会津若松城下には七日町《なぬかまち》の外れになる磐見町《いわみちょう》に何軒もの妓楼《ぎろう》があった。ちょうど七日町通りや奥羽街道《おううかいどう》が交わる十字路のあたりで、鶴ヶ城からも遠くない。

龍之介は行ったことはないが、先輩の上級生のなかには、女郎を買いに行った者もいた。先輩の自慢話を聞くだけで、龍之介はなぜか胸がどきどきした。

嵐山は、そんな廓に平気で通っていたと聞き、龍之介は嵐山が羨ましかった。己れも早く大人になり、嵐山のように女郎買いをしてみたい、とも内心思うのだった。

「嵐山さんが惚れ込んだ女郎の噂を聞き込んだ」

「どんな女郎だというのだ？」

「廓に来たてのまだ若い娘で、早与《さよ》という名の女郎らしい」

「誰から聞いたのだ？」

「うちの中間の留吉《とめきち》からだ」

権之助は恥ずかしそうに小声でいった。

「留吉は遊び人で、貰った給金のほとんどを博打と女郎買いに使っているそうなんだ。それで、嵐山のことを教え、廓にいるという嵐山が惚れた女郎を調べてもらったんだ」

権之助は話しながら頰をやや赤く染めた。

龍之介は権之助の様子から、すぐに推察した。

「権之助、おまえ、廓に行ったな」

「そ、そんなことはしねえ」

権之助は慌てて目を右往左往させ、手を振って否定した。

「嘘つくな。おまえの目が嘘をついたといっている。いいから、おれは誰にもいわない。だから、本当のことをいえ」

「分かった。ほんとは留吉に頼んで連れて行ってもらったんだ」

「どこの廓だ？」

「飯田屋《いいだや》。廓町の一番大きな廓だ」

「その飯田屋に、嵐山さんは通っていたというのか？」

「そうらしい。嵐山さんだけでなく、紫紐組や青紐組の藩校生も出入りしているらしい」

「藩執政の息子たちということだな」

「そうだ。その中には北原従太郎も入っている」

「だろう、と思った。で、その早与という女子には会ったのか？」

「うむ。丸顔のまだ初々《ういうい》しい娘だった。格子窓越しに見ただけだが、早与という娘は恥ずかしそうに俯いていた。うなじが綺麗な可愛い娘だった」

「権之助、おぬし、その早与さんを買ったのではないか?」

「と、とんでもない」

権之助は頭を左右に振った。

「おれは留吉に連れて行ってもらい、ただ廓を覗いただけだ。女郎を買う金なんかない。金のないやつは、廓の前の通りをうろつき、格子窓越しに女郎をひやかして回る。それで我慢するってやつだ」

「ほんとか?」

「これはほんとだ。廓に行ったってだけだって、親父や母上に分かったら勘当《かんどう》ものだ。だから、これは内緒だぞ」

「分かった。もちろん内緒だ。権之助、よくやった。これで嵐山さんと話をする材料が増えた。引き続き、調べてくれ」

「おい、龍之介、おぬしも調べろよ。おぬしも、一度は遊廓を覗きに行ってみろ。他人に調べさせるよりも、自分で調べた方が早い。見れば、分かるはずだ」

「分かった。おれも調べる」

龍之介は頭を掻いた。確かに権之助のいう通りだ。権之助とかほかの連中に調べさせて、己れは安全圏内にいて動かないのは卑怯だ。

遊廓にも実際に自分が行き、権之助が聞き込んだ早与という女郎を見ておかねばなるまい。

「じゃあ、龍之介、これでおれは先に帰る」

「権之助、期末考査は、どうだ？」

「明日の口頭試問で終わりだ。おまえは？」

「おれも、今日、小論文を提出したら、明日の口頭試問で終了だ」

「では、最後まで頑張ろう」

権之助はさっと手を上げ、そそくさと廊下を引き上げて行った。

龍之介は廓飯田屋に居るという女郎の早与の姿を想像しながら、書学寮の部屋に戻り、再び、机に向かった。だが、しばらく、権之助の話が思い出され、落ち着いて机に向かえなかった。

五

口頭試問は終わりに近付いていた。

龍之介は一人、書架《しょか》の前に正座していた。

対面には、ずらりと日新館の教授先生たちが居並んでいた。論語講読の金沢教授をはじめ、孟子《もうし》論の桑原《くわはら》教授ら、日頃講義を行なう先生方だ。

それまで黙していた教授長の大道寺玄界《だいどうじげんかい》が、かっと眼で龍之介を睨みながらいった。

「では、最後の試問だ。四書五経《ししょごきょう》の根底には、『修己安人《しゅうこあんじん》（己れを修めて人を安んじる）』『修己治人《しゅうこちじん》（己れを修めて人を治める）』という命題がある。この本意は何だ？」

事前に予想していた問いだ。龍之介は胸を張って答えた。

「己れの身を磨き、良き国を創れ、という教えです」

「では、おぬしに問う。良き為政者とはなんぞや」

「己れを厳しく律し、民のための政事《まつりごと》を行なう統治者のことです」

「民のためとはなんぞや」

「すべての民百姓が飢えることなく、安心安泰に暮らすことができるようにすることです」

「良き為政者にあらざる時は、民は、いかがいたしたらいいのか？」

思わぬ試問に龍之介は一瞬たじろいだ。

前に居並ぶ教授たちも、試問の矩《のり》を超えた教授長の試問に少しばかり騒めいた。

「いま一度訊く。もし、良き為政者ではなく、民を不幸にする場合、民は、いかがいたしたらいいのか？」

「韓非子に依《よ》れば……」

「韓非子に依らずともよい。おぬしの考えを述べよ」

龍之介は答えに詰まった。

なんと答えたらいいのか？　己れの考えをいえといわれても、どう答えたらいいのか、龍之介は分からなかった。

大道寺玄界教授長は、優しくいった。

「望月、おぬしは、これまでよく四書五経を学んで来た。それはよしとしよう。では、論語の為政篇一五にはなんとある？」

龍之介は即座に暗誦した。

「子曰く、学びて思わざれば則《すなわ》ち罔《くら》く、思いて学ばざれば則ち殆《うたが》う」

「その解釈は？」

「ものを習っているだけで自分で考えねば、物事ははっきりと分からない。考えているだけでものを習わなければ疑いが出てくるだけだ」

「そうだ。この孔子の言葉は、知識は経験とともに始まるが、思惟《しい》がなければ、つまり本人自身がしっかりと考えなければ、何事も分からないという意味だ」

「はい」

己れが考えよというのだな、と龍之介は思った。

「なおも訊こう。望月、知と行について王陽明《おうようめい》はなんといっている？」

王陽明。龍之介は思いついた。

「知行合一です」

「その本意は？」

「知は行の始めなり、行は知の成るなり。知っても行なわなければ、未だ知らないことと同じである」

「そうだ。望月、行動なき学問は、学問にあらずだ」

教授たちはまた騒めいた。

大道寺玄界は龍之介をじっと射竦《いすく》めるように見つめた。

「そこで、もう一度訊く。良き為政者であらざれば、おぬしはなんとする？」

なんとするか？

龍之介は自らの考えを探った。

「正直に申せ」

「はい。民のためにならぬ為政者ならば、倒します」

龍之介はいってから、大道寺玄界を見つめた。大道寺玄界はにこやかに笑い、うなずいた。

ほかの教授たちは対照的に、顔をしかめたり、頭を振り、互いに顔を寄せ合い、こそこそと何事かを囁き合っていた。

自分は何かまずいことをいったのか？

龍之介は戸惑った。

「よし。望月、口頭試問はこれで終わる。帰ってよし」

大道寺玄界が厳《おごそ》かに宣した。

「ありがとうございました」

龍之介は座り直し、教授連に両手をついてお辞儀をした。

龍之介は、控えの間に戻った。

鹿島明仁が、次の番として控えていた。

残りは、明仁を含めて三人になっていた。

一人は上級生で、もう一人は下級生だった。

上級生は火鉢の前に胡坐《あぐら》をかき、腕組みをして黙想に耽《ふけ》っている。

下級生は火鉢のない部屋の隅に座り、落ち着かない様子で、膝を貧乏揺すりしている。

明仁が帰り支度をしている龍之介に小声で尋ねた。

「どうだった？」

「うむ。最後の最後に、答に窮して困ったよ」

「どんな問いだったのだ？」

「王陽明の知行合一についての問いだった」

「ふうむ。知行合一ねえ」

明仁は思案げな顔をし、腕組みをした。

「大丈夫。おぬしなら、ちゃんと答えられる。おれは、もしかしてまずい答えをしたらしい」

案内係の助教が戸口に現われた。

「次、鹿島明仁。一緒に参れ」

「はいッ」

鹿島明仁は勢い良く立ち上がった。

「頑張れよ」

明仁は助教について部屋を出て行った。

龍之介は書籍を風呂敷包みに包み、小脇に抱えて立ち上がった。

「お先に失礼します」

「おい、望月、待て」

胡坐をかいて、それまで目を瞑《つむ》っていた上級生が、かっと目を開き、龍之介を呼び止めた。

龍之介は立ち止まった。その上級生とは話したこともない。なぜ、自分の名を知っているのだ？　そうか、助教から呼ばれた時、上級生は、俺の名を聞いていたんだ。

「はい。先輩、なんでしょう？」

「おれは八回生の横山勇左衛門《よこやまゆうざえもん》だ。知らんだろうな」

「はい。……申し訳ありません」

横山勇左衛門をどこかで見かけたことはあった。書学寮か講釈所かで書架に向かって座っている姿だった。

「何も謝ることではない。おぬし、さっき同輩の鹿島明仁に話しておったな。口頭試問で知行合一のことを」

「うむ」

か。

明仁と小声で話していたつもりだったが、横山勇左衛門はしっかりと聞いていたの
龍之介は悪怯《わるび》れずに返事をした。

「はい」

「知行合一を問うたのは、教授長の大道寺玄界先生であろう」

「はい、そうでした」

「大道寺先生とは、それがし、口頭試問の場で大論争をした覚えがある。先生は知行合一を是《ぜ》とし、おれはあえて反論した。先生方は、生徒のわれらに知行合一を説くが、ご自身は如何《いか》にとな。何もなさっておられないではないか、と」

「先輩は、よくぞ、そんなことを、おっしゃられましたな」

龍之介も心のどこかで、横山先輩と同じような思いを持っていた。

「ははは。おかげで、その時の口頭試問の結果は不可だった」

「それはお気の毒でした」

「だがな、大道寺先生は喜んでおられた。よくぞ、申したとな」

「では、どうして不可になったのでござる?」

「他の教授連中が、それがしを不可だとしたのだ。毎年、そうやって、おれは口頭試

問が不可となっている。だが、おれは節《せつ》を曲げない。今回も、その話になったら、教授連中を徹底的に批判するつもりだ」

　龍之介は戸惑った。

「そんなことをしたら、また不可にされるのでは？」

「ああ、不可になるだろう。そうやって、毎年留年し、八回生のままでいる」

　龍之介は横山勇左衛門の対応に戸惑った。

　日新館は什を終えた後、十歳か十一歳で入学し、通常八回生まで勉学や武道に励み、十七歳か十八歳で卒業していく。留年して進級出来ずにいれば、横山のように古強者《ふるつわもの》になる。あえて卒業せず、日新館の主《ぬし》のような藩校生もいる。

「なぜ、卒業しないのですか？」

「馬鹿なことを訊くな。論語にもあるだろう。子曰く、吾十有《ゆう》五にして学に志す。おい、そこの下級生、聞いておるか」

　横山は、部屋の隅で貧乏ゆすりをしていた下級生に突然矛先《ほこさき》を向けた。

「は、はいッ」

　下級生は飛び上がるようにして、座り直した。

「その後を続けてみろ」

「はい」

下級生は姿勢を正して、大声で暗誦した。

「子曰く、吾十有五にして学に志す」

「それはいった。その後だ」

「三十にして立つ。四十にして惑《まど》わず。五十にして天命を知る。六十にして耳順《したが》う。七十にして心の欲する所に従いて矩をこえず」

「そうだ。よし」

下級生は、ほっと肩の力が抜けて座り込んだ。

「口頭試問だからといって、緊張するな。人生は短いようで長い。しかし、長いようで短いものだ。いまを楽しめ。口頭試問なんか落ちても、どうってことないぞ。おれみたいに、何度落ちても、死ぬわけではない。そう覚悟して臨め」

「はい。先輩、ありがとうございます」

下級生は気持ちが楽になったらしく、笑顔になった。

「うむ。それでいい」

横山は龍之介に顔を向けた。

「いいか。望月、孔子とて、三十でやっと自立したんだ。では、孔子は、十五から二

十、さらに三十になるまで、いったい、何をしていた？」
「勉学を続け、仕官しようといろいろと……」

龍之介は、孔子は三十になるまで、いったい何をしていたのかと思った。先生から、いろいろ聞いてはいたが、すぐには思い出せなかった。

「望月、遊びだよ。遊び」

「え？　遊びですか？」

龍之介は、横山の顔をまじまじと見た。

孔子は、三十まで遊んで暮らしていたというのか？

「そうだ。遊びだ。人生は遊びだ。学問で遊び、武術で遊ぶ。仕事も遊びだと思ってやれば、楽しいものだ」

「仕事も遊びですか？」

龍之介は、横山の考えに賛成出来なかった。

「仕事が遊びだとはいっておらぬ。仕事を遊べ、といっているんだ。学問も遊ぶ。いいか、遊ぶことは悪くない。人間は遊ぶ生き物だ。動物と人の違いは、遊びができるかどうかだ」

「は、はい。それはそうだと思いますが」

　龍之介は横山がいっていることがなんとなく分かって来た。

「孔子も、人生を真剣に遊び、いろいろ遊びを経験して、三十にして人として自立できた。十五で、世のため人のために、何かをやろうと立志し、ようやく己れの生き方が見えてきたのが、三十というわけだ」

　龍之介は、論語の教授から特別に講義を受けている気分になってきた。

「立志した時には、若者は自分の前に広大なる荒野を見る。前途洋洋としているが、何があるか分からない未知の未来が広がっているわけだ。そこで、己れの志の赴《おもむ》くまま、荒野に足を踏み出すが、世間はそう甘くはない。思うように前に進めない」

「はい」

「順当に平地や草原を楽々と進むことができればいいが、人生、そうはいかない。泥沼に落ち込み、もがき苦しむこともある。谷もあれば、大きな山もある。それも絶壁で、越えるに越えられぬ壁とかな」

　龍之介は腕組みをし、横山のいうことに思いを馳せた。

「そういう苦難に出合ったら、それを神様から与えられた試練だと思って楽しむ。遊べばいいのだ。そのくらいの心の余裕がなければいけない。苦難を悠々と遊ぶ。停滞することになっても焦らない。人生、そんなこともあると達観《たつかん》すれば、いいんだ」

「まあ、それはそうですが」

「孔子も若い娘に恋をしたはずだ。おそらく振られて失意のどん底に落ち込んだこともあるだろう。だが、それも遊びのうちと思えば、気は楽になる。恋を遊ぶ」

「……恋を遊ぶですか」

「所詮、男女の仲なんぞ、くっついたの離れたののくりかえしだ。当の二人にしか分からない感情のやりとりがあり、それがあってこその恋なんだろう。よく知らんけど」

横山は自嘲するようにいった。

知らんけど？

先輩は恋をしたことがない、といっているのか。

龍之介は横山が妙に身近な存在になるのを覚えた。自分も、まだ恋をしたことがない。気になる女子はいるが、それが恋になるかどうかは、これからのことだ。

「つまりだ、孔子でさえそうだったように、人は三十までは、立志はしたものの、それを実現できるかどうか分からずにいる。しかし、三十にして、まがりなりにも自分の足でようやく立つことができた、ということだな」

「……そういう解釈ですか」

「三十になって、また新たな荒野に向かい、それまでの経験、体験を基にし、志を修正して立て直す。あるいは、現実を踏まえての、新たな志を立て直す。そうやって四十になるが、今度は迷わずに進んで行く」

「…………」

「かくして五十になり、己れの天命は何なのかを知るというわけだ。五十になって、初めて己れがやるべきこと、やったことの意味が分かるということだろう」

「そうですね」

「それまで生きていればの話だろう。五十から先のことは、わしらは若過ぎて想像もできん。六十にして耳順う、とか、七十にして心の欲する所に従いて矩をこえず、とかいった言葉は、おそらく老境に入った人の自戒《じかい》だろう。六十を超えたら、生臭《なま》く生きてはならぬという戒めだと思えば、分からないでもない」

横山は腕組みをし、一人大きくうなずいた。

「長い話になったが、これが、それがしが卒業しない理由だ」

「日新館生活を遊んでおられる？」

「学問の世界を逍遥《しょうよう》し、学を遊ばせてもらっているからだ。だが、それも、そろそろやめて、外に打って出ようか、とも考えておる」

「そうですか。で、何をやろうというのです？」

「だから、知行合一だ。学んだことを実行する。それでこそ、知はほんものになる」

「具体的には何をなさるのです？」

「おぬし、水戸学《みとがく》は学んだか？」

「いえ、まだ」

横山はにやりと笑った。

「『大日本史』を読め。いま尊皇攘夷がいかに大事かがよく分かる」

「はい」

龍之介は素直にうなずいた。

尊皇攘夷については、教授たちの授業ではほとんど習っていない。一部の教授は尊皇攘夷論を危険思想としており、『大日本史』も批判的に読めといっている。

部屋の襖が開いた。

紅潮した顔の明仁が、戻って来た。

「明仁、どうした？」

「だめかも知れない」

明仁は泣きそうな顔だった。

「終始、解釈のあれこれを間違っていると指摘され、なんとか反論したが、一笑《いっしょう》に付された」

龍之介はなんとも慰めようもなかった。

開いた襖の陰から、助教が顔を出した。

「次、神保角之介《じんぼかくのすけ》、参れ」

「はいッ」

下級生は元気よく返事をし、横山や龍之介、明仁に一礼して、部屋を出て行った。

「鹿島明仁、心配するな」

横山勇左衛門が声をかけた。明仁は自分の名前を呼ばれ、怪訝な顔をしていた。

「期待している生徒には、教授たちは厳しい。いろいろ難題をいっていじる。鹿島明仁、おぬしは期待されているからだ、と思え。おれから見て、おぬしも合格、可以上の成績だ」

「ありがとうございます」

鹿島明仁は面食《めんく》らった顔だったが、横山勇左衛門の励ましに礼をいった。

「明仁、心配するな。先輩もそうおっしゃっている。では、我々は引き揚げよう」

龍之介は明仁の肩を叩いた。

襖ががらりと開いた。廊下から現われたのは、嵐山光毅だった。

「横山、まだ終わらぬか？」

「おう。嵐山、まだだ」

「話がある」

「まあ入れ」

横山は親しげに嵐山に話しかけた。

「先日は失礼しました」

龍之介は嵐山に挨拶した。明仁も慌てて頭を下げた。

「先日は迷惑をかけたな。許せ」

嵐山はぶっきらぼうにいった。

「はい」

龍之介は当然、次に労《ねぎら》いの言葉があるか、と思ったが、嵐山はそれだけいうと、ずかずかと部屋に入り、横山の前に座り、火鉢の前に、どっかと胡坐をかいた。炭火に手をかざす。

「なんだ、おぬし、望月と顔見知りだったのか」

「ああ。道場で知っている」

嵐山は素っ気なく答えたきり、横山と別の話を始めた。

龍之介は、嵐山との話の接穂《つぎほ》がなくなったので、二人に一礼した。

「お先に失礼いたします」

「おう。望月、気張れや」

「はい」

龍之介は明仁と一緒に控えの間から廊下に出た。

「嵐山さん、なんの礼もいわなかったな」

明仁が囁いた。

「そういう男なんだろう。人の迷惑も考えない」

龍之介は腹立ち紛《まぎ》れにいった。

謝ってくれれば、もっと嵐山と親しくなれるのに、と龍之介は思った。だが、相手がこちらと付き合いたくないと思っている以上、仕方がない。

それよりも、龍之介の頭には、横山との会話が残っていた。

人生は遊びか。学問を遊べ、か。

横山の話を聞いていると、論語の世界が、さらに身近なものに感じるのを覚えていた。

六

ようやく、期末考査が終わった。

龍之介たちは、一応ほっとした。同期の仲間で落第した者はいなかった。

まもなく廊下の壁に、全藩校生の期末考査の結果が貼り出された。紙には成績順に名前が書かれている。

龍之介たちの三回生では、やはり鹿島明仁の名が首席に掲げられていた。

望月龍之介は七位、小野権之助十五位、五月女文治郎二十一位、河原九三郎二十三位。

「まあ、順当なところかな」

権之助が壁に貼り出された一覧表を見上げながらいった。

文治郎がぼやいた。

「何が順当なところだ。おれは昨年よりも三つも下になった。親父にどやされる」

「おれは五つも下がった。参ったなあ。これでは母上から、大目玉を食らう。今夜の夕飯はなしになるかも知れない」

九三郎は渋い顔で嘆いた。

「龍之介、おぬし、七番か。一挙に十番も抜け駆けして上がったな。何か、裏で手を回すとか、わしらにいえないような悪いことをしてないか」

九三郎が龍之介に毒《どく》づいた。

「ほんとだ。龍之介、何をやった。教授に菓子折りを差し入れたりとかしたんじゃないか」

「いや、菓子折りではなく、金子《きんす》か酒だろう。違うか」

文治郎がやっかみ半分にからかった。

龍之介は恥ずかしそうにいった。

「おれも、よく分からない。自分でも驚いている。口頭試問で失敗したからな。てっきり、文治郎にも九三郎にも負けて、どんじりにでもなるか、と思った」

廊下を秋月明史郎が歩いてやって来た。秋月明史郎は、黒紐格下組の上士だ。什では、同輩の遊び仲間だったが、その後、次第に疎遠になり、いまでは一緒につるんで何かをすることもなくなった。

龍之介は秋月明史郎の名が三番に掲げられているのを見つけ、さすがだ、と内心感服した。秋月明史郎は文武両道を実行している。自分も秋月明史郎を見習わねばとも思う。

元什長の外島遼兵衛の名前は、四回生二番の次席にあった。外島遼兵衛は龍之介たちよりも一つ年上なので、先に日新館に入っており、四回生だった。一年学年が違うと、自然、龍之介たち三回生とは疎遠になる。いまは同じ四回生の仲間とつるんでいる。それでも、いまでも龍之介たちの什長であることに変わりはない。こと何かあったら、外島遼兵衛は什長として、什の仲間の龍之介たちを指揮することになろう。それが暗黙のしきたりだった。

嵐山光毅は、どんな成績なのか。

龍之介は同じ廊下の壁に貼り出されている上級生の成績順位表を見に行った。

案《あん》の定《じょう》、嵐山光毅の名前は、七回生の二番目次席にあった。首席は北原従太郎。三席には津川泰助だった。津川泰助は嵐山の親しい仲間の一人だ。

学問でも、北原従太郎と嵐山光毅たちは競っているのか、と龍之介は感心した。

たしか、道場の門弟の席次では、嵐山光毅が首席で、北原従太郎は七席か八席あたりだったように思った。

剣術で十位以内というのは、実力が拮抗《きっこう》していることを意味する。奉納仕合いの結果で、いい成績を残せば、たちまち、首席などはひっくり返される。学問の成績の順位以上に、剣術の順位は入れ替わりが激しい。

ふと七、八回生の成績順位表を調べたが、あの横山勇左衛門の名前が見当たらなかった。なんども、上から下からと順番を辿《たど》り、名前を探したが横山勇左衛門の名はない。

龍之介は傍らにいた明仁に顔を向けた。

「明仁、横山勇左衛門先輩の名前が見つからないが、どうしたのだろうか？」

「退学したそうですよ」

「退学した？　どうして」

「あの口頭試問で、教授連中と激しく言い合って、最後は教授の一人をぶん殴ったそうです」

あの横山勇左衛門先輩なら、やりかねない、と龍之介は思った。

「明仁、誰に聞いた？」

「実は大道寺玄界先生からだ。先生が横山さんを止める間もなく、横山さんは言い争っていた教授の胸ぐらを摑み、引き倒してぼかすかと殴ったらしい。大道寺先生が二人を引き離し、横山さんに即刻退場を命じた。その後の審議会で、退学処分が決まったそうです」

龍之介は首を捻った。横山先輩は、どうして、突然に怒りを爆発させて教授を襲ったというのか。

「その殴った相手の教授というのは、誰？」

「大道寺先生は、教えてくれないんです。ですが、どうも、話の口振りから推測して、国史教授の大口楠道《おおぐちなんどう》先生ではないか、と」

大口楠道教授は、平家の末裔《まつえい》だとか自称していて、たしかに田舎にはない上品な面持ちをしている先生だった。だが、あらゆることに辛辣な皮肉をこめて論評する先生だった。

国史の講義でも、南北朝《なんぼくちょう》の争いに触れると、熱烈に南朝《なんちょう》を支持し、その立場から、北朝《ほくちょう》の皇統を激烈に批判した。あたかも、北朝の天皇が目の前にいるかのように罵倒して貶《おとし》めた。

おとなしそうな顔立ちをしているが、その陰に別人格の非情な人間が隠れているかのように。その極端な激烈さが藩校生のなかには人気があった。

しかし、龍之介には、その激烈さが人気取りのように感じられ、あまり好きな先生ではなかった。だから、横山先輩に殴られたと聞いても、あまり大口先生に同情はしなかった。

横山勇左衛門は、何をめぐって大口楠道と喧嘩になったのだろうか？

もしかして、横山が読むようにと龍之介に勧めていた『大日本史』の解釈をめぐってではなかろうか？

龍之介は、横山勇左衛門がいっていた水戸学とか、『大日本史』とは何かが次第に気になった。

廊下の先の道場で、藩校生たちが群がり、騒いでいた。

「秋の奉納仕合いの日程や代表選手の組合せが発表されたらしいぞ」

九三郎はみんなにいい、早速に道場に急いだ。

龍之介も権之助たちと連れ立って、道場へと足を進めた。

道場の壁には、ずらりと選抜された代表選手の名前が並んだ紙が貼り出されていた。

全校生徒千五百人から選抜された代表選手三十二人だ。その三十二人は四組の山に分けられ、各組の山から頂点の一名ずつ四人が残る。その四人が互いに争い、最終的に勝ち残った一人が今年の最優秀剣士として表彰される。

一応、全校生徒から選抜されるとしているが、実際はやはり五回生以上の上級生たちが圧倒的に多く、四回生以下の学年の門弟は、ほんの数人しかいない。

当然のごとく、秋月明史郎の名前は、第一組の山にあった。北原従太郎は第二組。

去年の首席嵐山光毅は、今年は第四組にある。

秋月について注目していた川上健策は第三組にあった。

「龍之介の名がどこにも入っていないな」

文治郎がうめくようにいった。

「無理無理。おれはまだ選ばれるような腕前じゃないってことさ」

龍之介は自嘲するように笑った。

内心、選ばれることを期待していたが、やはり師範や師範代の目から見て、龍之介は選抜するに相応《ふさわ》しい腕前ではない、ということだ。

「お、龍之介の名があったぞ」

河原九三郎が叫ぶようにいい、四組の紙を指差した。

「え、おれが四組の中にいるのか？」

龍之介は急いで四組の名前が羅列してある紙を覗いた。

「どこにある？」

「ただし、補欠選手だ。ほら四組の山の端に小さく補欠選手の名がある。そこに望月龍之介とある」

九三郎が端っこにある小さな文字を指差していた。

四組といえば、嵐山光毅がいる組だ。

偶然にしても、嵐山光毅の剣の捌《さば》きを見ることになる。いい機会だった。

各組の補欠は、万が一、選抜された代表選手が病気やなんらかの不都合があって出場出来なくなった場合に、代わって出場出来る予備の選手ということだ。

「龍之介、たとえ、出場できなくても、名前は永遠に残るぞ」

権之助が龍之介を慰めた。

「補欠要員としてな」

「補欠でも選ばれたことに変わりはないぞ。おれなんか、一回も代表選手に選出されたことがない。補欠でも選ばれたら赤飯ものだ」

九三郎がいった。

「そうだぜ、龍之介のことだ。当日、誰かが出場できなくなり、きっと出ることになる。神様の思《おぼ》し召《め》しがある」

五月女文治郎は確信し、自分のことのようにうれしそうに笑った。

道場の壁に発表された代表選手の表の前に、坊主頭の仏光五郎の姿があった。仏は龍之介が近寄ると、さっと振り向いた。

「龍之介、おぬし、四組の補欠らしいな」

「はい。残念ながら」

「おぬしは、きっと上がって来る。誰かが一人、出場できなくなる。まあ運を天に委せて待つんだな」

仏は、そういうと、くるりと身を返して、道場から出て行った。

「嫌味な先輩だな」

権之助が呟いた。

「あの仏、去年は、何位だったのだ？」

「去年は、出場を辞退したそうだ。上から江戸に行くようにいわれて」

「彼は何回生なんだ？」

「自称、六回生だ。だが、中途入学の特待生だ。何度も入退学をくりかえしているそうだ。だから、歳は二十歳をとうに過ぎているらしい」

「そうだよな。風貌からして若くは見えないものな」

龍之介はふと横山勇左衛門を思い出した。

横山も、風貌や言説《げんせつ》が二十歳過ぎに見えた。横山も仏光五郎同様、異能の人かも知れない。

「おい、明仁、日新館には『大日本史』が置いてあるか？」

「どうして、突然に」

明仁は面食らった顔でいった。

「あの横山先輩がぜひ読むといい、といっていたんだ」

「あるにはあるが、読むつもりか？」

「ああ。読みたい」

「しかし、たいへんだぞ」

「難しいのか？」

「普通の漢籍を読むよりは読みやすい。だが、量が大部《たいぶ》だ」

「どのくらい多いのだ？」

「書学寮に行って、司書に頼んで、見せてもらえばいい。それで、読む気があればなんとか読めるだろう、と思う」

龍之介は、明仁が珍しく、説明に困っているのを見て、不思議に思った。

後日、書学寮で龍之介は『大日本史』を借り出して、明仁の躊躇《ためらい》が分かった。

『大日本史』は、徳川御三家の水戸藩の藩主徳川光圀《とくがわみつくに》の命《めい》で編纂が開始された国史書である。

日新館の書庫にも、その『大日本史』は納められてあったが、そのあまりの冊数の多さに、龍之介は圧倒された。

本紀（帝王）七三巻、列伝一七〇巻、志・表など一五四巻、全三九七巻二二六冊の大部だった。

さて、果たして『大日本史』を読んで遊べるか？

これを第一巻から読むのは、かなりの時間と気力が必要だと思った。龍之介は考え込んだ。

しかし、乗り掛かった舟だ。龍之介は覚悟を決めた。まず、第一巻を借り出し、姿勢を正して読みはじめた。

第四章　嵐山光毅の涙

一

外には寒い冬の訪れを告げる木枯らしが吹いていた。

日新館道場は、いよいよ始まる奉納仕合いの予選仕合いで盛り上がっていた。若い門弟たちの応援や歓声で異様なほど熱気に満ちていた。

予選四組の第三仕合いが始まっていた。四組の代表を決める仕合いだ。

予想通り、最後まで勝ち残ったのは、嵐山光毅と水野膳之介だった。嵐山は首席、水野は席次四番。

メーンッ。

激烈な気合いとともに、嵐山の竹刀が目に止まらぬ速さで対戦相手水野膳之介の頭上に一閃《いっせん》した。水野膳之介が竹刀を動かそうとした一瞬の起こり頭に合わせた打ちだ。

ドスーンという足音が響いた。

嵐山は面を打つと同時に跳び、水野に体当たりをかけた。水野は堪らず体を崩してよろめき、二、三歩退いた。

「一本！　東」

審判の師範代の手がさっと上がり、東の嵐山光毅の勝利を告げた。四隅の審判も一斉に東の旗を上げた。

文句なしの、一撃必殺。

見事だ。龍之介は唸った。

勝ちを告げられる前に、すでに嵐山光毅は、竹刀を脇構えし、残心していた。嵐山は「遠山《えんざん》の目付《めつけ》」で水野膳之介の動きをじっと窺《うかが》っている。

道場に張り詰めていた空気がほっと弛んだ。

一瞬の勝負を周囲の門弟たちは固唾を呑んで見守っていた。

龍之介は背筋を伸ばし、嵐山と相手水野の仕合いを見つめていた。自分が水野に成り代わり、嵐山と対戦している気分だった。自分なら、どう対しているか？　自然に軀が反応し、全身の筋肉がぴくぴくと動いている。嵐山の攻めに、どう応じているか、無意識のうちに軀が動く。

対戦相手の水野膳之介は六回生で、道場でも五番以内に入る上級者の一人だ。龍之介も二回生の時に何度か稽古仕合いの相手になってもらったことがある。何度やっても、水野先輩に勝つことは出来なかった。

嵐山光毅の優勝は決まったようなものだな、と龍之介は内心で思った。

水野と嵐山は、正対し、互いに丁寧に一礼して下がった。

壁に貼られた対戦表の、一方の山にあった水野の名前に、たっぷりと墨汁を付けた筆で縦線が引かれた。四組の頂点に立ったのは、嵐山だった。

嵐山は竹刀を手に携《たずさ》え、控えの間に悠々と引き揚げて行った。

九三郎が脇から囁いた。

「嵐山さんは強いなあ」

「それにかっこいいなあ」

文治郎も龍之介にいった。

「今年も優勝するな」

「ま、間違いない」

龍之介もうなずいた。

観衆のどよめきが湧いた。隣で行なわれている予選三組の最終仕合いも決着した様子だった。

「あちらは誰が勝った？」

龍之介は文治郎に訊いた。

「仏だ。仏光五郎の名前が消されずに残っている」

「やはり、仏光五郎が勝ったのか。これで、四人が揃ったわけだな」

すでに、予選一組と二組は仕合いが終了していた。

第一組は、予想通り秋月明史郎が最後まで残ったが、六回生の津川泰助に敗れた。津川は席次五番で、席次六番の秋月明史郎とは実力がほぼ拮抗《きっこう》していた。

龍之介が見るところ、今日の秋月明史郎はいつもの冴えがなかった。体調が悪いのかも知れない、と思った。

予選二組は、順当に北原従太郎が勝ち進んだ。龍之介が見るところ、北原は返し技が上手《うま》いと見た。三戦ともすべて返し技での一本だった。柔軟な体捌きと足捌きは、どの選手よりも勝っていた。最後の最後には嵐山と対決することになるのではないかな、と思う。

「一組以外は、順当といえば順当な選手が残ったということか」

権之助が頭を振った。

決勝に勝ち残った四人は、いずれも実力が伯仲《はくちゅう》している。龍之介は、四組の選手の誰かが不都合になって、自分が出たとしても、嵐山には勝つ自信がなかった。正直にいって、誰かが欠場にならなかったことで、ほっとしていた。出たいという気持ちは半分あるが、まだ嵐山を敗るような力はない。

龍之介は思わず呟いた。

「もう少し、仕合いに波乱があったらおもしろくなるんだが」

「他人事《ひとごと》のようにいっているが、おまえが代表に上がるくらいに強くなれよ。おまえが波乱を起こさずに誰が起こす」

権之助が笑った。文治郎がいった。

「そうだぜ、負けはしたが、同じ什だった秋月明史郎が、しっかり頑張っているのに、龍之介が頑張らなくてどうする」

「あ、おまえたち、自分のことは棚に上げて、おれだけを責めるのか」

「おれは、砲術の名手になる。剣はもう古いぜ。鉄砲がこれからの戦《いくさ》の主流になる。山本覚馬先生がいっていた」

九三郎が嘯《うそぶ》いた。文治郎もうなずいた。

「おれも砲術なら人に負けない。剣は龍之介と権之助に任せた。な、九三郎」

「そうだぜ」

文治郎と九三郎は、仲良く笑った。

権之助がみんなに提案した。

「おい、昼飯を食おう。見ているだけで、腹が減った」

「おれも」

龍之介は母が特大の握り飯を作ってくれたのを思い出した。午後の仕合いが始まる前に、食べて腹を落ち着かせたい。

「腹が減っては戦ができぬからな」

龍之介たちは、そろって講釈所の教場に引き揚げた。通常なら、中庭に出て日向《ひなた》ぼっこをしながら握り飯を食べるのだが、今日は木枯らしが吹き荒れているので、館内の座敷で食べることにした。

午後は、代表四人の総当たり戦だ。それで勝ち残った者が優勝になる。

講釈所の座敷では、大勢の藩校生が思い思いの場所で火鉢の周りに車座になり、握り飯や弁当を食べていた。龍之介たちも座敷の端に陣取り、持参した握り飯に食らいついた。

「お、みんな、ここにいたか」

鹿島明仁の声がかかった。廊下から明仁が風呂敷包みを抱えて入って来た。

「おお。明仁、ここへ来い」

明仁は龍之介と権之助が空けた間に座り込んだ。風呂敷包みを開け、筍《たけのこ》の皮の包みを取り出した。包みには、三個の握り飯が並んでいた。

「決勝仕合いの三人が決まったらしいな」

「おいおい、決勝は四人の総当たりだぜ」

権之助が握り飯を半分齧《かじ》りながらいった。

「違うんだ。嵐山さんが、突然、代表を下りた。それで代表戦は北原従太郎、秋月明史郎、川上健策の三人の巴戦《ともえ》になった」

「なんだって、嵐山さんが下りたって？」

「怪我をしたのか？　それとも具合が悪くなったのか？」

「師範に出場辞退を申し入れた。腹が痛くて、戦えないといって。それで、本部では、大騒ぎになっている」

「腹痛？　何か悪いものを食ったかかな」

龍之介はみんなと顔を見合わせた。

「仕合いを見ていたが、嵐山さんはいつも通りだったように感じたがな」

　権之助が首を傾《かし》げた。

「腹痛ってえのは、口実じゃないのか？」

「なんの口実だ？」

　明仁が頭を振った。

「分からない。戦いたくないから、そういって辞退したんだろう」

「何かあったのかな？」

　龍之介は嵐山の戦い振りを思い出した。

　心の乱れは、かならず気の乱れになる。果たして気の乱れはあったのか？

「嵐山さんは、さっさと道場から引き揚げ、家に帰ったそうだ。石根や堀田が急いで嵐山さんに付き添って行ったそうだ」

「容体は？」

「自分で歩けるし、血色も悪くない。先生たちは、仮病ではないか、と怒っている。だが、本人が腹痛で戦えないといっている以上、無理強いはできんということらしい」

　文治郎が龍之介に向いた。

「おい、補欠の出番ではないのか？」

「そんな馬鹿なことがあるか」

龍之介は食べかけの握り飯の塊《かたまり》をごくりと飲み込んだ。

「もし、嵐山さんがだめなら、水野さんだろう。負けたとはいえ、四組では嵐山さんに次ぐ勝利者だからな」

文治郎は笑った。

「冗談だよ。おまえが補欠として出るのは、一回戦で欠場者が出た場合だ」

「そうだよな」

龍之介は安心して、握り飯の残りを飲み込んだ。

廊下をばたばたと走る足音がした。廊下を走るのは厳禁されている。

それなのに、大勢の門弟たちが駆けていた。

龍之介たちは、食べるのをやめ、何事か、と廊下の方を見た。

「斬り合いだ」

「やめろ。ここは神聖な学校だぞ」

怒鳴り合いが聞こえた。

龍之介は権之助や明仁と顔を見合わせた。

「誰がやっている？」

龍之介は立ち上がった。すぐさま廊下に駆け出した。

廊下の先は戟門につながっている。その戟門付近で人だかりが出来ていた。

「行ってみよう」

龍之介は権之助たちにいい、先頭を切って走り出した。

門弟たちは玄関先の式台に立ち竦《すく》んでいた。

人垣の間から、抜刀した嵐山光毅の顔が見えた。

「嵐山さん」

龍之介は思わず門弟たちを掻き分け、人垣の前に出た。

嵐山は大刀《だいとう》を八相に構え、相手と向かい合っていた。相手は北原従太郎。北原は刀を持っていない。

「嵐山、それがしは丸腰だぞ。武士ともあろう者が、丸腰のそれがしを斬るというのか」

「うるさい」

嵐山は顔を憤怒で真っ赤に染めていた。返り血を浴びたのかも知れない。

龍之介は二人の間に蹲《うずくま》った人影に気付いた。

北原の盟友後藤修次郎だった。後藤は胸を斬られて出血していた。後藤の軀の傍《かたわ》らには、抜き身の脇差しが転がっていた。

「北原、今度という今度は、許せぬ」

嵐山は激していった。

「なにが許せぬだ。わけをいってみろ」

「おぬしの胸に聞け」

龍之介は、ふと背後に殺気を感じ、振り向いた。門弟たちを分けて上級生の一人が入って来る。先日、大成殿の裏に呼び出された時にも、後藤や佐々木元五郎の背後にいた不気味な上級生だった。細身の背が高い男で、腰の大刀を左手で押さえている。

傍らにいた明仁が龍之介に囁いた。

「葛井主水《くずいもんど》。一度退学させられた男だ」

「その男が、どうしてここに?」

「北原が家老の親父に頼んで、強引に復学させた。彼は茶紐組の中士、北原の子飼いの一人だ。剣の腕は嵐山さんよりも上かも知れない」

葛井主水は北原の傍らに立った。刀にそっと手を副《そ》えている。気当たりが凄い。

嵐山も葛井主水に気付き、北原よりも、葛井にじりじりと向きを変えた。

「待て待て待てーい」

背後の廊下から怒声が飛び、一緒に廊下を走る音が響いた。駆け付けたのは、伴康介師範や師範代の相馬力男たちだった。

「おまえら、何をしている」

「嵐山、刀を引け」

「日新館内での抜刀はご法度だぞ。ただちに双方引け。私戦は許さぬ」

伴康介が嵐山の前に立って両手を開いた。

師範代の相馬が蹲っている後藤修次郎を抱え起こした。右腕の小袖が切られ、鮮血が流れ出ている。

「誰か、校医を呼べ。至急にだ」

師範代は怒鳴り、後藤の腕をはだけて手拭いで傷口を抑えた。

「嵐山、どういうことだ。これは」

「…………」

嵐山はようやく興奮を抑え、刀を下ろした。

「きさま、腹痛で仕合いを放棄し、家に帰ったのではなかったのか」

「…………」

嵐山は黙って刀を腰に納めた。

廊下を校医の良庵《りようあん》が駆け付けた。権之助や文治郎たちが後藤の軀を抱え、座敷に運んだ。龍之介は、嵐山が気になり、その場に残った。

師範の伴康介が尋ねた。

「北原、これはどういうことだ?」

「それがしにも分かりません。突然、嵐山が現われ、後藤が斬られたので、驚いているところです」

「後藤を斬ったのは、なぜだ?」

「それは嵐山に訊いてください。それがしは、分かりません。突然に、それがしにいちゃもんを付け、止めに入った後藤に斬りかかったのですから」

伴康介師範はじろりと嵐山を見た。

嵐山はまだ憤怒を抑えきれない顔で北原を睨んでいた。

「ともかく、いまは両者とも引け。後で双方から事情を訊く。両者とも離れろ」

「では、それがしは引きます」

北原は冷ややかな笑みを浮かべ、くるりと向きを変えた。葛井主水も静かに、北原の後に続いた。

「嵐山、いったい、どういうことだ。仕合いを放棄したと思ったら、今度は刃傷沙汰《にんじょうざた》を起こすとは、いったい何を考えておる」

「…………」

嵐山は唇を噛み、下を向いた。

石根彦次郎と堀田正人が、嵐山の両脇に駆け寄った。

「嵐山さん」

「うるさい」

嵐山は二人の腕を振り払って、伴康介師範に背を向けた。

「嵐山、後で教官室に参れ」

「本日は、それがし、体調が思わしくないので、帰らせていただきます」

「では、明日でいい。教官室に出頭しろ」

「…………」

嵐山は返事もせず、石根と堀田を引き連れ、玄関から外に出て行った。

龍之介は明仁と九三郎とで嵐山を見送った。

九三郎が訝《いぶか》しげにいった。

「いったい、北原さんとの間に何があったのだ？」

「北原さんにこの前、おれが呼び出された時、北原さんは嵐山さんを女たらしだの何だのと罵《ののし》り、おれに、なんであいつの味方をしたのだといってきた。そんなことが原因ではないか？」

「女たらしだって？」

九三郎が笑った。

「北原さんだって、そんなことをいえる立場じゃないぜ。北原さんこそ子分を引き連れて、密かに磐見町の妓楼に出入りしているって噂を聞いたぞ」

龍之介はうなずいた。

「そういえば、前に北原さんがいっていたが、嵐山さんがその廓のある女郎に入れ揚げているといっていたな」

「じゃあ、同じ穴のムジナじゃないか。両方とも、廓で女郎を買っていて、相手を非難することはできんだろう」

「だけど、元服したら、もう大人だからな。廓に出入りしても、何もいわれる筋合いはないんじゃないか」

九三郎は己れの前髪に触った。龍之介も釣られて、自分の前髪に手をやった。

元服すれば、前髪は剃り落とされる。すでに嵐山光毅も北原従太郎も、元服はとうの昔に済ませていた。前髪がない男は外見からして大人に見えた。

　女たらしというのは、どういう意味なのか詳しくは分からないが、つぎつぎと女を騙《だま》して誑《たぶら》かすことなのだろうか。

　だが、龍之介にはまだ大人の世界は想像するだけで、なぜか胸がときめいてしまう。なぜ、そうなるのかまったく分からなかった。

　でも、早く大人になれば、きっと心のもやもやが晴れて、なんでも分かってくるのだろう、と思うしかなかった。

　嵐山光毅は家に帰った。北原は道場の控えの間に戻った。

　龍之介は、それから行なわれた北原と秋月明史郎の仕合い、さらに秋月と川上健策、最後に北原と川上健策の仕合いを観戦した。それら三仕合いの結果、北原従太郎が秋月明史郎と川上健策を破り、優勝した。秋月は川上を破ったので準優勝となった。

　仕合いは、嵐山光毅が抜けただけで、つまらないものになった。とりわけ、川上健策が北原に対して、どこか遠慮しているように思った。攻めの工夫がなく、投げ遣りで、同じ攻めをくりかえした。そのため、すぐに隙を見付けられて、敗北した。

　正直いって龍之介にとって胸躍るおもしろい仕合いではなかった。

　こうして、日新館恒例の秋の東照宮殿への奉納仕合いは終わった。

二

遠くに見える磐梯山の頂《いただき》が白くなりはじめた。

奉納仕合いの途中で、優勝候補の嵐山光毅が、体調を崩してという理由で準決勝決勝戦に欠場したことは、仕合いをおもしろくなくさせた。

嵐山光毅は日新館内で抜刀し、後藤修次郎に斬り付け、怪我をさせたということが、やはり問題になり、三ヵ月の停学、一ヵ月の自宅謹慎という処分が出た。

一方の北原従太郎は、なんら御咎《おとが》めなしということだった。学校側は、なぜ、斬り付けたのか、と嵐山光毅に説明を求めたが、嵐山は説明を拒み、甘んじて処分を受けた。

龍之介は、嵐山がなぜ黙して語ろうとしないのかが不満だった。おそらく、北原たちの嵐山に対する侮蔑の言葉が原因だと思われるのだが、なぜ、嵐山はそのことを先生方に訴えないのか。いえば、処分も多少は軽くなったはずなのだ。

「おい、龍之介、そろそろ、気になっていたことをやらねえか？」

龍之介の家の炬燵《こたつ》にあたって寝転んでいた権之助が突然に、むっくりと起き上がった。

「なんだよ、気になっていたことってえのはさ？」

龍之介は読んでいた講談本の『里見八犬伝《さとみはっけんでん》』を閉じていった。

「飯盛山の天狗退治だよ」

「……天狗かあ」

龍之介は頭を掻いた。忘れていたわけではない。

天狗が横木の丸太を木剣でへし折るのを目《ま》の当たりに見て以来、天狗の剣法が頭に貼り付いている。天狗は人間だとはいったものの、かなりの怪力の人間だ。あの撃剣に対抗するには、かなりの修練が必要な気がするのだ。

炬燵に足を入れ、横になっていた文治郎が起き上がった。

「そうだ、思い出した。天狗といえば、先生からおもしろい話を伺ったぞ」

「どんな話だ？」権之助が訊いた。

「天狗様は、冬場になると、夜な夜な町に下りて来て綺麗な女子を攫《さら》い、自分の妾《めかけ》にするんだそうだ。それで、昔、天狗退治しようとした若者たちがいたが、全員打たれてしまった。一人は片腕を失い、別の男は足を折られて、片足を引きずるようになった」

「ほんとかよ」

寝転んでいた九三郎が起き上がった。

「さらに別の若者は鎖骨《さこつ》を砕かれ、肋骨も何本も折られた。その若者は、病《やまい》にかかり、死んでしまったそうだ。だから、絶対に天狗様には手を出すなと。昔から、天狗には手を出してはならない、という申し渡しがなされているそうだ」

「そんな天狗なら、なんとしても退治せねばならんだろう。な、龍之介」

九三郎はいった。龍之介は答えるのを躊躇した。

「おれたちの腕では、とても退治できないんじゃないか、と思うんだ」

「なんだ、弱気になっているな。龍之介がそうでは、おれたちも困る」

権之助は嘆いた。九三郎がいった。

「龍之介、あれは天狗の面だ。天狗は化物にあらず、人だといっていたではないか。人ならなんとかできると」

文治郎が相槌を打った。

「天狗を倒す秘策あり、と申していたではないか」

「相手は一人。我らは五人。五対一だ。天狗が人なら、勝つ見込みあり、と」

権之助もいった。龍之介は渋々うなずいた。

「秘策はあるが、五人が力を合わせねばできぬ。練習もせねばならぬ」

明仁が龍之介に尋ねた。

「その秘策、いってみろよ。どうやるというのだ?」

龍之介はみんなを見回した。

「もし、天狗のお面だとすると、目の穴から外を覗く。視野が狭いはずだ」

九三郎が思い出すようにいった。

「うん、狭かった。それがしも神社の祭で、ひょっとこの面を被《かぶ》ったことがある。視野が狭いので、周りが見えなかった」

「天狗もおそらく正面しか見えないはずだ。足元を見るには、面を下に向けるしかない。すると上は見えない。まったくがら空《あ》きになる」

「なるほど。それで?」明仁は笑った。

「四人が天狗の足元をうろちょろ逃げ回る。天狗が四人を追い回す。四人が天狗の気を引いている間に、誰か一人が木か岩の上に登り、天狗が下を通るのを待ち受ける。四人は逃げて、天狗をその木か岩の下に誘い込む。天狗が誘われて通りかかったら、待ち受けた一人が天狗に上から襲いかかる。一撃必殺だ」

「もし、天狗が罠だと気付いて、上にいる一人に気付いたら、どうする?」

「天狗は必ず上を向く。すると今度は天狗の足元ががら空きになる。臨機応変《りんきおうへん》。今度は下の四人が襲いかかって仕留める」

権之助、明仁、文治郎、九三郎の四人は、顔を見合わせた。

「おもしろい。やれそうではないか」

「だが、よほど五人が息を合わせねばな」

「おれたち、息が合っているぜ」

「あとは、天狗の前で、やつ以上に動き回らねばなんねえな」

明仁がいった。

「上に登って、最後に天狗を仕留める役は、誰にする？」

一瞬の間があった。

四人が一斉《いっせい》に龍之介を見た。


稲荷神社の境内は、木枯らしが巻き上げる枯葉が舞っていた。

龍之介が天狗役になり、残る四人が龍之介の周りを駆け回り、跳《と》び跳《は》ね回った。全員、竹刀を手に、逃げ回り、龍之介が追い回す。

最初はばらばらで息が合わなかったが、何度も走り回るうちに、権之助と明仁、九三郎と文治郎の二人ずつが組になり、連携して動くのがいいと分かった。

天狗役の龍之介は、神社の社務所からおかめの面を借り出して被った。おかめの面の目の穴は小さい。面をいくら密着しても、視野が限られている。

二人一組になった四人が、掛け声とともに、龍之介の目の前で前後左右にちょこまかと動き回る。龍之介は竹刀を振り回し、四人を追い回すが、なかなか竹刀で相手を叩けない。

四人が前後に動く場合は、面の目の穴から、よく見えるので、打ちやすい。だが、四人が巧みに左右に動き回ると、面の視野が狭いので、どちらか一組の二人の姿が見えなくなる。はっと気付くと、見えなくなっていた組の二人の竹刀が襲ってくる。

「前後でなく、左右に動けば、敵はどちらかに気を取られて、隙ができるぞ」

龍之介はみんなに面を外していった。

権之助が明仁と顔を見合わせて笑った。

「なんか、おかめを追い回すのは滑稽だな」

「ほんとだ。おかめを苛《いじ》めている気分になる」

「じゃあ。ひょっとこの面に替えるか？」

九三郎と文治郎が頭を振った。

「いや、ますます可笑《おか》しくなって、真剣に動けなくなる」

「まだおかめの方がいいな」

龍之介は境内の中に生《は》えている欅《けやき》を竹刀で指差した。

「じゃあ、次は罠に誘い込む練習だ」

「了解。おれと明仁が、まず囮《おとり》になる。途中で、文治郎たちが飛び出し、囮を交替してくれ。そうやって、欅の木の下に誘い込む」

「よし。開始だ」

龍之介は面を被り、竹刀を構えた。

「さあ、鬼さん、こちら」

明仁が龍之介の前に立って囃《はや》し立てた。

龍之介がうぉーと叫んで、明仁を追うと、権之助が脇から飛び出し、龍之介を誘う。ついで、九三郎が交替し、龍之介の気を引き、さらに文治郎が逃げる。

龍之介は彼らを追ううちに欅の真下に入り込んでいた。

その間に欅に登っていた明仁が竹刀を振りかざしながら龍之介に飛び降りた。龍之介はおかめの面の目の穴から見えぬ死角に飛び込まれ、辛《かろ》うじて竹刀で打ち払った。

今度は権之助が面を被って、天狗役になり、龍之介が欅によじ登った。太い枝に腰掛け、権之助が誘われて真下に入って来るのを見計らい、竹刀を振りかざしながら、飛び降りる。

何度も何度も同じ練習を繰り返すうちに、軀が動きになれ、逃げる工夫も打ち込む工夫も出来るようになった。

あたりは暗くなり、境内に夕闇が迫った。

龍之介はたっぷりと汗をかき、軀が火照《ほて》っていた。

「よし。これで稽古は十分だ。天狗退治は、明日、藩校から帰ってから決行だ」

「おうッ」

五人は竹刀を突き上げ、喚声を上げた。

三

翌日、日新館の道場で、龍之介は師範代を相手に、みっちりと打ち込みの稽古を行なった。

同じように権之助も九三郎や文治郎も、明仁までもが、たっぷりと上級者相手に稽古を付けてもらった。

「おまえたち、今日はみんな気合いが入っていてよろしいッ」

師範代の相馬力男は相好《そうごう》を崩して喜んだ。

「龍之介は別にして、ほかのおまえらは、いつも気合いが入っていなかったので、どこかで活《かつ》を入れようかと思っていたところだ。よく自分たちで気付いた。そういう気合いで、いつも稽古をいたせ。いいか、気合いだ、気合いが何より大事だぞ」

師範代は龍之介たち五人に大声で気合いを掛けた。

龍之介は、天狗退治のために、五人が急に稽古付いていると知ったら、師範代はきっと雷を落とすだろうな、と心の中で申し訳ないと謝《あやま》った。

権之助たちが龍之介の心中を知ってか知らずか、にやにやと笑っていた。

日新館道場での稽古は昼には切り上げ、五人は揃って帰り道についた。いったん、家に戻り、再度稲荷神社の境内に集合し、飯盛山に出立する。

武家屋敷が並ぶ通りに入り、みんな、別れて、おのおのの家に帰って行った。

龍之介は嵐山郡奉行の屋敷の前を通り過ぎながら、ふと嵐山光毅のことが心配になった。

嵐山は結局、一切の申し開きはせずにいたので、情状酌量はなく、日新館舎監《しゃかん》は嵐山光毅に停学三ヵ月及び自宅謹慎一ヵ月の処罰を下した。嵐山家の門は固く閉じられ、家人の姿はなかった。

藩からの閉門蟄居処分ではないので、嵐山家の家人には処罰は及ばない。それにしても、郡奉行の嵐山仁兵衛としては、荒れる息子光毅の不始末に手を焼いていることだろう。

それにしても、嵐山光毅はなぜ荒れているのだろう？　日新館内で大刀を振り回すなど、普通許されることではない。日新館の司成《しせい》たちも対処に困っているに違いない。

う、なんだ、この臭いは？

武家長屋の方から煙が流れて来た。夕餉の支度の煙ではない。危険なきな臭さだ。

突然、女の声が上がった。

「火事だあ」

火事？

龍之介は咄嗟《とっさ》に女の声が上がった路地に駆け込んだ。路地の奥から煙が出ているのに気付いた。

武家長屋の右端の軒下から、煙とともに、ちょろちょろ炎の舌が見え隠れしていた。家人たちが大慌てで釣瓶《つるべ》井戸から水を汲み上げ、桶《おけ》に溜めてはわずかな水を必死に炎にかけている。

燻《くすぶ》り燃える家の前で、赤ん坊を抱えた母親がおろおろしながら叫んでいた。

「……中にまだ子どもがいます。誰か救《たす》けて」

近所の御新造や下女、下男たちは、手桶の水を火元の家にかけたりしているが、燃える炎の勢いが強くて、誰も燃える家の中に入れずにいた。

男たちは大半が登城しているので、昼間は女子どもと年寄りしかいない。

まだ火の手は武家長屋に回っていない。

龍之介は井戸端に駆け寄った。咄嗟に井戸から汲み上げた釣瓶の桶を取り、頭から水を被《かぶ》った。道場の帰りだったので、稽古着のままだ。

「子どもはどこに？」

「仏壇の間に」

赤子を抱えた母親は、髪を振り乱しながら、燃え盛る火の中を指差した。濡れ手拭いを口元に巻いた。手早く面《めん》を被った。手桶の水をもう一杯面の上から被った。

猛烈な黒煙が玄関口から吹き出していた。その前で下男や年寄りが入れずにおろおろしている。

龍之介は身を屈め、黒煙の下に飛び込んだ。息を止め、黒煙の下を這うように進む。

目に煙が沁《し》みて痛い。

炎は勝手口の方から上がっている。すでに居間は炎と煙に包まれていた。

仏壇の間は、その居間に続いた奥にあるはず。煙であたりは暗く、よく見えない。

弱々しいが咳き込む声が聞こえた。

「母さん……」

女の子だ。

龍之介は四つんばいになり、仏壇の間に手探りで入って行った。手に柔らかな子どもの手足が触った。布団もあった。

天井が燃え落ちる。咄嗟に龍之介は女の子の上に覆い被さった。燃えた天井板や横木が龍之介の頭や背に落ちて来た。

頭や腕、背中に激痛が走った。

畜生！　ふと死ぬかも知れぬという考えが頭を過《よぎ》った。

痛いのは生きている証拠だ。師範代の叱咤を思い出した。どうして、こんな時に、と龍之介は苦笑した。

軀の下の女の子は、熱い熱いと身を捩《よじ》っている。

龍之介は手近にあった敷き布団を引き寄せた。まだ布団には火がついていない。女の子を背負い、敷き布団で女の子を被《おお》った。

梁が落ちてきたら最期だ。

「しっかりしがみついていろ。それがしが絶対に救ける」

龍之介は背の女の子に優しくいった。女の子がうなずく気配を首筋に感じた。

「息を止めろ。目も閉じていろ」

龍之介は女の子に被せた布団を面の上まで引き上げた。黒煙はさっきよりも濃く、炎が猛然と吹き出している。

おのれ！　行くぞ！

龍之介は怒鳴り、玄関の出入口を目指して、黒煙と炎の中に突進した。一気に煙る畳の上を走る。躓《つまず》いたら一巻の終わりだ。右腕に何かが当たり、焼けるように痛む。

畜生！　この子はおれの命に代えても救ける。

龍之介は黒煙と炎の壁を突破した。

急に目の前が明るくなった。背にしがみついていた女の子は、火が点《つ》いたように泣きだした。玄関から外に転がり出た。

男たちが龍之介に駆け寄り、燻りはじめた布団を引き剝がした。

龍之介は女の子を背負ったまま、地べたに座り込んだ。女の子はまだ龍之介にしがみついている。

振り向くと炎と黒煙が家屋を呑み込んでいた。もう一瞬脱出が遅れていたら、炎に包まれていた。

「ナミ、ナミ、助かったのね」

赤子を抱いた母親が龍之介に駆け寄り、背にしがみついている女の子を抱き上げた。女の子は母親にしがみついた。

「ナミ、よかった。ありがとうございます。ありがとうございます」

母は涙を流しながら、何度も龍之介に礼をいい、煤《すす》だらけの女の子の頬に頬を寄せて、頬摺《ず》りしていた。

「水、水をかけろ。火を消せ」

近寄って来た男が手桶の水を龍之介の右腕に浴びせ、ばたばたと手で叩いて燻る火を消した。ふと気付くと稽古着の右袖が真っ黒に焼け焦げていた。

慌てて稽古着を脱ぎ、面も脱いだ。面の皮革も焼け焦げていた。上半身裸になった。右上腕部から下腕部にかけて真っ赤に焼け爛《ただ》れていた。じりじりと焼けるように痛みが湧いてくる。

「お若いの、まずはお冷やしなされ」

中間《ちゆうげん》が手桶を手に駆け寄り、何杯も水を腕にかけて冷やした。水をかけている間は痛みが和らぐが、水がなくなると火が点いたように痛む。

龍之介は我慢だ、と思った。ここで弱音を吐くわけにはいかない。

「望月家のご子息ですな」

年寄りの侍が声をかけた。

「はい。望月龍之介です」

「さすが、望月牧之介殿のご子息だけのことはある。見事な救出でござった」

「な、なんのあれしき」

龍之介はやせ我慢でいった。老侍は龍之介の腕の火傷《やけど》に目をやった。

「水で冷やした後は、手当てが必要だ。家に越中富山《えっちゅうとやま》の置き薬がござろう。紫雲膏《しうんこう》が効く。紫雲膏をたっぷりと塗り、柔らかい木綿《もめん》の布で包んでおく。しばらくは疼《うず》くだろうが、かならず治る。心配いたすな」

「ありがとうございます。ご忠告通りに手当てをしてみます」

龍之介は立ち上がり、老侍に頭を下げた。軀を動かすと火傷した腕全体がずきずきと痛む。だが、苦痛を表に出さず、女の子と母親に笑顔を見せた。

「お聞きしました。あなた様のお名前は望月龍之介様と申されるのですね」

「はい」

「娘の奈美《なみ》をお助けくださいまして、本当にありがとうございます。このご恩は一生忘れません。なんとお礼を申し上げたらいいのか……」

「たまたま帰り道で通りかかって、運よくお助けしただけのことです。それがしでなくても、誰でもやったことです。どうか、お気になさらぬよう」

龍之介はびりびりと疼く右腕を気にしながら、無理に笑顔を作った。

奈美という娘は、大きなどんぐり眼《まなこ》で、上半身裸の龍之介をまじまじと見つめていた。

頬がぷっくりと脹れた、健康そうで愛らしい顔立ちの女の子だった。齢《よわい》八、九歳か。こんな幼い女の子が背中にしがみついていたのか、と思うと、龍之介はなんとなく頬がほころび、照れ臭かった。

「娘子は火傷はされていませんか？」

「おかげさまで、顔に擦り傷ぐらいで、ほとんど火傷はしなかったようです」

龍之介は照れ隠しもあって、奈美に右手を差し伸べ、頭を撫でようとした。

「恐かったろう？　よく頑張ったね」

奈美は、いやっと顔をそむけ、母親の胸に顔を伏せた。火傷した腕が厭《いや》だったらしい。

「奈美、お礼は?」

「……………」奈美はかすかにありがとう、といった。

「奈美、ちゃんとはっきり申し上げなさい」

「いいですよ。ありがとうって聞こえましたから」

「ともあれ、主人が戻りましたら、御礼を申し上げるため、お伺いいたします」

「どうぞ、お気遣いなく。武士として、当然のことをしただけですから」

龍之介は痛みを堪えながらいった。一刻も早く、家に帰り、腕の手当てがしたかった。

「では、これで失礼いたします」

龍之介は竹刀や焼け焦げた面、稽古着を抱え、一礼して踵《きびす》を返した。

駆け足で武家屋敷街の通りに差しかかり、振り向くと、まだ奈美と赤子を抱いた母親がこちらを見ており、頭を下げた。龍之介も慌てて頭を下げた。母親の傍らに、老侍が懐手をしながら、じっと立っているのが見えた。

四

「そんなことがあったのか。武家長屋で火事があり、全焼し、四所帯が焼け出されたと聞いたが」

権之助は、首から三角巾で吊した龍之介の腕を眺めた。

明仁も文治郎も九三郎も、痛々しく包帯を巻いた龍之介の腕を見て、顔を見合わせた。

「腕、ちゃんと動かせるのか？」

「まあ。ちと痛むので、無理はできんが」

龍之介は熱を帯びている右腕の包帯をさすった。

あれから、家に帰り、母や姉に手伝ってもらい、あらためて火傷した腕を水で洗い流した。ついで、家にあった越中富山の置き薬から、紫雲膏を出し、たっぷりと塗り込み、木綿の包帯でぐるぐる巻きにした。薬の鎮痛効果なのか、一時よりも痛みはだいぶ和《やわ》らいでいる。しかし、動かすと包帯がすれるのか、痛みが戻って来る。

「これはだめだ。今日の天狗退治は延期しよう」

権之助が宣するようにいった。

九三郎もうなずいた。

「そうだな。最後に仕留める役の龍之介が、こんな負傷をしていては不安がある。延期しよう」

「延期に賛成」

「それがしも」

明仁と文治郎も同意した。

権之助が龍之介に訊いた。

「じゃあ、どうするか」

龍之介がみんなを見回した。

「まず戦場の下見をしよう。下見しておかねば、作戦の立てようもない」

「そうだな。それはおれも必要だと考えていた」

権之助がうなずいた。

明仁が考え考えいった。

「それから、正宗寺の住職から、天狗の話を聞こう。何か天狗を倒す手立てがあるかも知れない」

「そうだな。和尚から話を聞くというのは、前にも決めていたことだものな。この際、じっくりと準備をしよう」

龍之介も同意した。腕を動かすのが、少々億劫《おっくう》だった。これでは天狗退治などもってのほかだ。

「ははは。おぬしらも度胸試しがしたいというのか？」

正宗寺の住職行善《ぎょうぜん》和尚は、愉快そうに笑った。

龍之介はみんなと顔を見合わせた。

「いえ。それがしたちは、度胸試しではありません。天狗退治がしたいと思ってのこと」

明仁が和尚に聞いた。

「それがしたち以外にも、度胸試しに来る藩校生がいたのでござるか？」

「おお、おるおる。毎年夏になると、何人かがやって来て、天狗に出会うと一目散に逃げ帰る」

「実は、それがしたちも、一度、裏山で天狗に襲われ、逃げ帰ったことがございます」

龍之介は正直にいった。和尚はにこやかにいった。

「おう。それは貴重な体験じゃのう。で、また参ったのは、なぜかな。懲りたのではないのか？」

「もう一度、お会いし、黒白をはっきりさせようと思いまして」

「ほほう。黒白と申するのは、何かな？」

「それがし、思うに天狗は化物にあらず、ヒトだと」

「ふむふむ。怪物でなく、人だというのか？　なぜ、そう思うのかな？」

「それがし、見ました。天狗と思われる人影が、横木の丸太に木剣を振り下ろし、へし折るのを見ました。天狗が化物なら、そのような修練はしないのではないか、と」

「龍之介、それだけではない、といっていたじゃないか。天狗の顔は面だ。だから、笑っても表情は動かないって。だから、人間が天狗の面を被っているんだって」

権之助が付け加えた。和尚は笑った。

「なるほどのう。で、それを確かめたいというのか」

「はい。さようで」

「確かめて、いかがいたすのだ？」

「もし、人でなく化物だったら、成敗しようと思います」

「天狗退治です」

　文治郎が勢い込んでいった。

「天狗退治？　何か天狗が悪さをしたと申すのかな」

「いえ。そんなことありません」

　龍之介は頭を振った。

　九三郎が真顔でいった。

「龍之介、違うぜ。天狗は里に下りて来て、いろいろ悪さをしているんだ。女子を攫《さら》ったり、食物を盗んだり、赤ん坊を食べたともいうぜ。いろいろ悪さをするから、みんなから恐れられている。その天狗を退治しようというんじゃないか」

　和尚はうなずいた。

「ふうむ。もし、天狗がそんなことをしていたのなら、退治されて当然だな」

「和尚、天狗は何者なのか、御存知なのでは？」

「もちろん、存じておる。天狗は神様の化身《けしん》だ。だが、怪物、化物ではないぞ」

「では、なぜ、神様が剣術の修行をなさるのですか？」

「ははは。それは天狗に直接聞くしかあるまいな」

　龍之介は和尚の分かったような分からぬ答にはぐらかされたように思った。

天狗に直接訊けか。

「和尚、天狗はいつも裏山におるのでござるか？」

「いや。天狗も忙しい。月一度、満月の日に現われる」

「満月の日というと今月は……」

明仁がきいた。

龍之介は暦を思い出そうとした。和尚が笑いながら答えた。

「今月は、十日ほど後かのう」

十日ほど後というと、腕の火傷もだいぶ治る。少なくとも、動かすと激しく痛むことはなくなるだろう。

決行日は、十日後にしよう。

龍之介は権之助や明仁と顔を見合わせた。

文治郎も九三郎も異存なさそうだった。

和尚は山羊《やぎ》のような顎髯《あごひげ》を撫でながらいった。

「ともあれ、とてつもなく天狗は強い。毎年、諸国から天狗の噂を聞いて、武者修行の武芸者たちがやって来る。だが、これまで、天狗は一度も負けたことがない」

武者修行の武芸者たちもやって来る？

龍之介は権之助と顔を見合わせた。

「和尚、天狗は、なんという剣法を使うのだ？」

「知らぬか。わしが聞いたところによると、真正会津一刀流《しんせいあいづいっとうりゅう》だそうだが」

「真正会津一刀流？」

「会津に、そんな一刀流の流派があるというのか？」

龍之介は訝った。

日新館では、会津五流の剣術流派が教授されている。会津五流とは、一刀流溝口派、安光流、太子流、真天流、神道清武流だ。

和尚は朗らかに笑った。

「ははは。御留流《おとめりゅう》を知っておるかな」

「御留流？　なんでござろうか」

「他藩に知られてはならぬ剣術の流派のことだ。そのため、他藩の者には、稽古も見せない、秘密の修行をする剣法だ」

「天狗が扱う真正会津一刀流は、その御留流だというのでござるか」

「そう聞いておる。詳しく聞きたければ、日新館道場の指南役にお聞きすればいい」

和尚は、それまでいうと立ち上がった。

「これより、大事な檀家《だんか》の法要がある。話があれば、またの機会にいたせ。天狗退治、できるものなら、やってみるがいい。だが、怪我をせぬようにな。ははは」

和尚はにこやかに笑い、廊下に出て行った。


太陽が西に傾いていた。

陽射しで出来た木々の影もだいぶ長く伸びている。

龍之介たちは、飯盛山の裏山に行き、丹念に地形を観察した。明仁は、懐紙に筆を走らせ、おおまかな地図を書いている。

仕掛ける罠の場所を決めた。裏山の斜面に大きな岩がある。その岩の上からならば、下を通りかかる天狗を見下ろせる。

四人で天狗を誘い、岩場の麓に入ったところで、岩の上から、龍之介が飛び降り、天狗を打つ。おおよその作戦が出来上がった。

龍之介は立ち止まり、原生林を見下ろしながらいった。

「天狗退治の基本方針を決めよう。どこまでやるか、だ」

「どういうことだ？　何を決める？」

「天狗は人間だという前提で、天狗退治作戦を練る。人間の場合、どこまでやるか、だ」

「やるって、何を」

「天狗を退治するということは、殺すということか？　ならば、得物《えもの》も真剣、あるいは鉄砲を使うことになる」

「もし、龍之介がいう通りに人間だったら、殺すまではない。天狗がおれたちに悪さをしているわけではないからな」

「では、真剣は使わない。もちろん、鉄砲もなしだな」

「うむ。竹刀か木刀、木槍か」

「それぞれ、使い易い、好きな得物を持とう。おれは竹刀にする」

「おれも竹刀にしよう。軽いし、動きやすい」

明仁がいった。権之助はうなずいた。

「おれは木刀だな。天狗は、おそらく木剣。あれに対抗するには、竹刀では心許《こころもと》ない」

「おれも木刀にする」

文治郎と九三郎が一緒に答えた。

「では、天狗にどう打撃を与えたら、退治したということにする？」

「天狗を足腰立たぬまでに打ち据えたら、勝ちだろう」

「それは可哀相だぜ。天狗が参ったといったら、こちらの勝ち」

「こちらが、足腰立たぬくらいやられることもあろう。情け無用で行こう」

権之助がいった。龍之介はうなずいた。

「では、こうしよう。天狗を打ち負かした証として、天狗の面を奪う。人間であることを明らかにする」

「天狗の鼻をへし折るというのはどうだ？　天狗の正体が人間なら、面の鼻をへし折っても怪我にはなるまい。長い鼻をへし折られた天狗は、敗北を認めるはずだ」

「そうだな。情けない格好になるものな。だが、もし、天狗が本物だったら、どうする？」

龍之介は一息、空気を吸った。そしていった。

「もし、神様だったら、即逃げる。神様相手では勝てっこない。直《ただ》ちに、後ろも見ずに逃げよう」

「逃げるが勝ちか」

みんなで笑い、下見は終わった。

五

龍之介が廓を覗きに行ったのは、権之助の誘いがあってのことだった。だが、本音をいえば、遊廓という大人の遊び場がどんな場所なのか、ちょっといけないと思いつつも、一度は覗いてみたいという好奇心で一杯だった。それに、嵐山光毅の思い入れている早与という娘が見たい。

会津の遊廓は、七日町通りが奥州街道と交差する磐見町にある。鶴ヶ城や日新館からも、あまり遠くない。

龍之介と権之助は日新館の休みの日に、連れ立って廓に行ってみよう、となった。女郎を買う金はない。だから、往来に面した張見世《はりみせ》を見て回り、籬越《まがきご》しに中に控えた遊女たちを見ようということだった。

その中に嵐山が惚れ込んだ早与という女郎がいる。

早与を見るというのが口実だったが、そのことよりも、廓という大人の世界がどんなところなのか、見てみたいという気持ちでいっぱいだった。

龍之介は大人の世界に、少しでも足を入れる、女郎に逢いに行く、そう考えるだけで、胸の鼓動が早くなった。これが、ときめきというのだろうか。

磐見町の通りに入った。両脇に二階建の楼閣らしい建物が往来に面して並んでいた。

往来には、侍や町人、旅人や行商人たちが物見遊山に右往左往している。みんな籬の中を覗き、女郎たちと話をしている。

「おい、龍之介、手拭いで頬っ被りしようぜ」

権之助は懐から手拭いを取出し、頬っ被りした。

龍之介は権之助に訊いた。

「どうしてだ？」

「おれたち、前髪付けているだろ？　すぐに元服前の子どもだとばれちまうじゃないか」

「まずいか？」

「まずい。藩校生だとばれたら、どうする？」

「それはたしかにまずいな」

龍之介もいわれるままに前髪を隠すように手拭いで頬っ被りした。

「めざす見世は、いちばん大きな飯田屋だ。そこに早与という女郎がいる」

二人はそそくさと歩き、遊廓の見世の前を通り過ぎた。町の外れに来て、龍之介は権之助と顔を見合わせた。

「見たか。こちらから戻ると三番目の見世だ。今度は、ゆっくり歩こう」

「了解」

龍之介と権之助は、ゆっくりと歩いた。さも、遊廓の見世を見て歩くのに慣れているかのように装いながら。

「ああら、そこのお若いお二人さん、ちょいと、可愛いお人じゃないかい」

籬の中から、二人を呼び止める声がした。

格子戸の中に白く化粧した遊女が手招きしていた。龍之介は思わず、足を止めた。

その見世が飯田屋だった。

「あらら、お二人とも前髪をつけて、凜凜《りり》しいおサムライさんたちじゃないの」

格子の間から白くて華奢な手が伸び、龍之介の手を握った。

遊女は首から三角巾で吊った腕を見て、気の毒そうな目をした。

「どうなさったの？　お怪我？」

「あ、ちとそれは」

龍之介は慌てて手を引っ込めようとした。

「大丈夫、取って食べようなんて思わないから」

女はけらけらと笑った。

頭に什の掟《おきて》がちらついた。

戸外でみだりに女人と話をしてはいけない。

柔らかな手は龍之介の手を握ったまま離さない。

遊女の化粧した綺麗な顔が笑った。脂粉の香が鼻孔を襲った。芳《かぐわ》しい匂いに、龍之介は胸の鼓動が激しくなった。

龍之介は魔除けの呪いのように、女人と話してはならない、という掟を呟いた。だが、すぐに遊女の魔力に屈して逆らうのをやめた。

権之助も格子の間から伸びた手に捕まっていた。

「あら、こちらのお兄さんも前髪付きの美少年よ」

「可愛い男の子たちねえ」

「拙者たち、お金を持っておりませぬ」

権之助がおどおどしながらいった。

「ああら。いいのよ。お金なんか。こうして、手を握り合っているだけで、うれしいのよ。あんたたちなら、お金はいらない。抱いてくれる?」

「あちきも」

女たちはどっと笑った。明らかにからかわれているのだと分かるのだが、それでもいい、と龍之介は思った。

龍之介は女の囁きを聞きながら、見世の中をそっと探るように見回した。

見世の奥に、一人だけ、ひっそりと俯《うつむ》いている娘がいた。ほかの遊女たちと同じように着飾っているが、しとやかで笑顔もない。

俯いた様子は哀《かな》しげに見えた。

「あら、若いのに、あんたも早与さんに目をつけたのね」

目の前の女がけたたましく笑い、奥に座った娘に呼びかけた。

「早与さん、あんたを抱きたい男たちが来ているよ」

女の声に、早与と呼ばれた娘はそっと顔を上げた。龍之介は思わず唾を呑んだ。

早与は哀しげな顔をしていたが、周囲の女たちよりも、際立って美しい顔をしていた。日陰に咲く桔梗《ききょう》を思わせる。

早与は龍之介と権之助を見たが、すぐに知らぬ男だと分かり、また俯いてしまった。

「前髪のお兄さん、今日は初見《しょけん》ね。あちきは千早《ちはや》。覚えておいてくんなまし。あんたのお名前を教えてくんなましな」

「そ、それがしは……」

龍之介はいいかけて、はっとした。襟首に誰かの射るような視線が当てられている。龍之介は急いで女の手を振りほどいた。振り向くと、通行人に混じって、嵐山光毅の背中が見えた。

「権之助、見ろ」

龍之介は傍らの権之助に目配せした。権之助も、女の手を逃れ、通行人の流れに目をやった。

「まさか。嵐山さんは自宅謹慎中じゃなかったのか」

「うむ」

龍之介は、嵐山の背が人込みに紛《まぎ》れるのを見送った。

日新館の先生たちに分かったら、禁を破ったとして、今度は退学だろう。

「権之助、追って嵐山さんに話をする」

龍之介は飯田屋の見世の前から駆け足で、嵐山を追った。後から権之助も追って来る。

嵐山が路地に折れたところで、龍之介と権之助は追い付いた。

「嵐山先輩、あの美しい方が女郎の早与さんなんですね。ほんとに綺麗な人だ」

龍之介は声をかけた。

嵐山はこちらに背を向けたまま、急に歩みを止めた。

龍之介は続けていった。

「大丈夫です。我々は、嵐山さんがここにいたなんて、誰にもいいませんから。安心してください」

「自分もです。指南役には、内緒にしておきます。誰にもいいません」

嵐山は振り向いた。憤怒を抑えた顔で、つかつかと龍之介に歩み寄った。いきなり胸ぐらを摑んだ。鉄拳が龍之介の顔面を襲った。

「女郎呼ばわりしやがって。ふざけるな。こん畜生、こん畜生！」

一発、二発、三発。

鼻から血が吹き出した。目から火花が出た。ようやく嵐山は胸ぐらから手を放した。

龍之介は軀が硬直して動けず、顔面を殴られるままでいた。

嵐山はついで、くるりと体を翻《ひるがえ》すと、今度は権之助の顔面を平手で張った。往復ビンタだった。ぱしッと鞭《むち》の鳴るような平手の音が響いた。

「おまえもだ。大きな口を叩くな」

龍之介は鼻血が流れるのも忘れ、茫然と嵐山の怒り狂う姿を見ていた。

龍之介は一瞬かっとし、殴り返そうとしたが、嵐山の目に大粒の涙が溢れているのを見て止めた。

嵐山は大股で軀を揺すりながら、歩き去った。

龍之介は権之助と一緒に嵐山の姿を目で追っていた。通りすがりの町人や中間小者が、龍之介たちを胡散臭そうに眺めていた。

「おれたち、嵐山さんに、悪いことをいっちまったらしいな」

権之助がため息をついた。

龍之介は、懐紙で鼻血を拭いながらいった。

「きっと早与さんは、嵐山先輩にとって特別に大事な女なのだろう。それを見せ物のように見に来たと知って、激怒したんだと思う」

「うむ。おれ、なんてひどいことをいっちまったんだろう。女郎の早与さんなんて」

龍之介は愕然とした。

嵐山は、早与さんを心から思っていると分かった。それを北原従太郎などにからかわれ、さらに龍之介たちが、覗き見根性で遊廓に早与を見に来たと分かって怒りが抑えきれなかったのに違いない。

嵐山に殴られて当然という思いだった。

その夜、龍之介は嵐山が目に涙を溜めている姿の夢を何度も見た。

六

十日が経ち、満月の日になった。

その日は、朝から空一面に雨雲が拡がり、いまにも雨が降りそうにどんよりと曇っていた。朝は気温が低く、手水《ちょうず》の水が凍り、水溜まりに薄氷が張った。

腕の火傷の痛みはほぼなくなっていた。

龍之介は右腕を覆った包帯をゆっくりと外した。紫雲膏をたっぷり塗って湿布しておいたお陰で、火傷の治りは早かった。それでも、火膨れが潰《つぶ》れたあとは潰瘍《かいよう》のように痛々しい痕になっていた。気分は冴えなかったが、本日は天狗との対決がある。気乗りはしなかったが、ほかのみんなの期待を裏切る真似はしたくなかった。

昼過ぎ、龍之介たち五人は三々五々、正宗寺の山門に集まった。全員が稽古着と裁着袴《たっつけばかま》姿で、胴巻を着けている。得物は、龍之介と明仁が竹刀、九三郎と文治郎は木刀、権之助は木刀ではなく木槍に変更していた。

足には、万が一雪が降っても、動きやすいように杣人《そまびと》が使う鹿皮《しかがわ》で作った地下足袋《じかたび》を履《は》き、脛当てを着けている。杣人に詳しい権之助の発案だった。

五人は円陣を組み、明仁が作った絵図で、囮作戦の最終確認をした。龍之介が斜面に突き出ている岩の上に待機し、ほかの四人が天狗を誘《おび》き出し、岩の下まで誘導する。天狗が岩の下に来たところに、待ち伏せていた龍之介が岩の上から天狗に打ちかかる。

龍之介が何度も頭の中で繰り返した作戦だ。うまく行くはずだ。いや、うまく事を運ばなければならない。岩の下まで、四人が天狗を誘き寄せることが出来なければ、作戦は失敗する。

五人全員、汗止めの白鉢巻きを額にきりりと巻いた。五人は円陣を組み、全員手を重ねて、「おうッ」と気合いを入れた。

権之助と明仁、九三郎と文治郎の二組になって、飯盛山の頂上に喚声を上げて駆け登る。

龍之介の考えでは、天狗に自分たちが来たことをまず知らせる。そうやって、二組に分かれた四人が裏山を下り、天狗が木剣を揮《ふる》っていたあたりに到達し、天狗の注意を引く。

その一方、龍之介は密かに木陰や草陰伝いに裏山を下り、待ち伏せする岩の上に登って待機する。龍之介だけは天狗に気付かれてはならない隠密行動を取る。

天狗を誘き寄せる四人の指揮は、権之助が執る。龍之介は、岩の上から四人の動きを見て、独自に判断し、打ちかかる機会を狙う。

四人が喚声を上げて飯盛山の頂の社《やしろ》から、斜面を駆け下りて行った。龍之介は身を屈《かが》め、鬱蒼《うっそう》と茂った薄《すすき》や草叢の陰に隠れながら、斜面の中程にそそり立った岩の根元に下りた。

四人は下で喚声を上げて騒ぎ、天狗に出て来いと叫んでいる。龍之介は、その声を聞きながら、岩の凹凸や出っ張りを利用して、岩壁をよじ登った。

天狗を誘き寄せる場所の飛び降り易い箇所に張り付き、大きく息をした。竹刀を抱え、静かに呼吸を整えた。

岩陰から下を窺うと、四人の騒ぎに、どこからか天狗と思《おぼ》しき人影が現われた。四人が天狗を取り囲み、しきりに挑発している。

ひとしきり、木刀や竹刀を打ち合う音が響いた。

やがて、二人一組になった権之助たちは、わざと天狗の前を右往左往して惑わせ、天狗に追いかけさせ、飯盛山の裏の斜面を登って来る。

「おい、逃げるのか、弱虫どもめが。待て待て。可愛がってやるぞ。わっはははは」

勝ち誇ったような怒声と笑い声が四人の背後に響き渡っている。龍之介は、その声を聞きながら、お面越しの籠もった声だ、と判断した。

やはり、天狗は化物にあらず、まして神様にあらず。紛《まぎ》れもない人間様だ。

声を聞きながら、権之助たちが、上手く岩の下に天狗を誘き寄せようと頑張っていると、龍之介は思った。竹刀の柄《つか》を握り、さらに岩の天辺によじ登った。足場を決め、いつでも飛び降りることが出来る態勢を取った。

さあ、来い。天狗に化けた人間よ。人間なら恐くはない。同じ血が流れる人間なら、対等に戦える。負けたら負けたで、それはこちらの技量が下だったからで仕方がないと諦めることも出来る。

「やーい、天狗、こっちへ来い」

「ここまでおいで」

権之助と明仁の声が岩の下で聞こえた。

やがて、岩陰に文治郎、九三郎が駆けて来る姿が見えた。

「さあ、天狗。ここまで登って来い」

文治郎と九三郎も怒鳴った。

「小賢しい餓鬼どもめが、おまえたちの企みは、先刻からお見通しだ」

天狗は高らかに笑った。

おまえたちの企みはお見通しだと？

龍之介ははっとして岩の上に立った。

天狗が岩壁伝いに猿のように軽々とよじ登り、岩の頂の端に立った。

「ははは、こんなことだろう、と思った。おまえがこいつらの首魁《しゆかい》だな」

龍之介は咄嗟に竹刀を天狗に突き入れた。天狗は機敏に体《たい》を躱《かわ》し、竹刀を避けた。天狗の顔が横向きになった。

龍之介は、その一瞬を逃さなかった。

「メーンッ」

龍之介は天狗の面に竹刀を叩き込んだ。竹刀は横向きになった天狗の長い鼻をへし折った。半分折れた鼻は宙に舞い、岩の下に落ちて行く。

龍之介は同時に天狗に体当たりをかけていた。頭の中で嵐山が面打ちと同時に行なった体当たりを思い浮かべながら。さすがの天狗も岩の端では龍之介を避けきれず、龍之介と縺《もつ》れ合って、下の草叢に転がり落ちた。

龍之介は天狗の軀の上に落ちたので、直接草地に当たらなかった。天狗は腰や背中を強《したた》かに打ったらしく、低く呻いた。龍之介は天狗の軀から飛び退き、竹刀を脇構えし、残心した。

天狗は木刀を杖にして、のそのそと立ち上がった。

権之助たちが龍之介と天狗の周りに駆け付けた。

天狗は鼻の欠けた面をかなぐり捨てた。白髪頭の年寄りの顔が現われた。

「どうだ、天狗、参ったか」

権之助が居丈高《いたけだか》に叫んだ。

「待て、権之助」

龍之介は竹刀を背に隠し、天狗の格好をした年寄りの前に正座した。

「天狗どのの方が、一枚も二枚も上だ。われらの策略を初めから見破っておられた。その上で、われら相手に遊んでくれたのだ。やろうと思えば、まず、それがしがやられ、その後に権之助たちもやられたろう」

権之助は九三郎や文治郎と顔を見合わせて黙った。明仁が龍之介の隣に正座した。

「天狗どの、失礼仕《つかまつ》りました。失礼の段、平《ひら》にお許しください」

「おぬし、よくぞ、いった。その通りだ。だが、わしはおぬしたちを慢《あなど》り、不覚を取った。よくぞ、わしを討ち取ったな。見事見事、誉めてつかわす。痛たた」

天狗の老人は手で腰を支え、顔をしかめた。

権之助も文治郎も九三郎も、事態を悟り、龍之介や明仁に倣《なら》って、その場に正座した。

「大丈夫でございますか」

「老いたりといえど、長年修行した身だ。これしきの打ち身、なんともない」

老人は腰を撫でながら、どこか痛むのか、顔をしかめている。

「老師、ぜひとも、お名前をお聞かせください」

「わしか、わしは名乗るほどの者にあらず。飯盛山の天狗老人と思っておればいい。それよりも、おぬしたちだ、名を聞いておこう」

「はい。それがし、望月龍之介でござる」

龍之介は権之助に名乗れと促した。

「それがし、小野権之助でござる」

「鹿島明仁でございます」

明仁は天狗老人に頭を下げた。

「河原九三郎でござる」

「五月女文治郎にござる」

みんなは、それぞれ、名乗り、怖《お》ず怖《お》ずと得物を後ろに控えさせた。

「みんな、ようやった。おぬしらのこと覚えておこう」

「ありがとうございます。ところで天狗老師に、一つお尋ねいたします」

「なんだね」

「一月《ひとつき》ほど前、無断で稽古の具合を盗み見しました」

「そうか。おぬし、あの時の少年だったか。ほうほうの体《てい》で逃げおった。あれだけ、脅しておけば、二度と現われることはあるまいと思ったが、わしの見込み違いだったな」

「あのような撃剣の稽古は、見たことがありませんでした。横木の丸太を木剣で叩き割るとは、信じられない光景でした。会津藩には、御留流の一刀流があると聞きました。もしや、老師の撃剣は、その御留流ではございませぬか」

「ははは。その通りだ。稽古を見られては仕方がない。教えよう。わしの使う剣は、会津藩御留流の真正会津一刀流だ。おぬしらの日新館道場では決して教えることはない」

「やはり、そうでしたか」

龍之介は明仁と顔を見合わせた。会津藩の御留流について、最初に教えてくれたのは、明仁だった。初めは信じられずにいたが、指南役からも御留流があると聞き、本当のことだと信じたのだった。

龍之介は天狗老師の足許に平伏した。

「お願いがあります。それがしを老師に弟子入りさせてください」

「だめだ」

即答だった。

「どうしてでございますか？」

「どうしてもだ」

天狗老師は、やや渋い顔をした。

「では、どうしたら弟子入りすることができるのか、お教えください」

天狗老師はまじまじと龍之介の顔を睨んだ。

「ううむ。どうしても、というなら、おぬしのこと、相談しておこう、だが、いい返事は期待するな」

「老師のほかにも師範がいらっしゃるのでございますか」

「そうだ。その方の了解が取れれば、わしも考えてもいい。ただし、やるとなったら、きついぞ」

「はい。覚悟しています。辛い修行は平気です」

「若いのう。それに比べて、わしはもう歳だ。老いには勝てぬのう」

老師は苦笑いし、腰をとんとんと叩いた。

明仁が天狗の鼻の折れた欠けらを拾い上げ、天狗の老師に差し出した。天狗の老師は、鼻の欠片《かけら》を摘《つま》み上げ、懐に収めた。

あたりは暗くなりはじめていた。日がだいぶ西に傾いているらしい。天空の雲が切れ、満月がちらりと雲間から顔を覗かせた。

「老師、そのお返事はいかに」

「焦るな。時が来れば、おぬしのところに使いが行く」

「駄目な場合は？」

「駄目な場合は、使いは行かぬ」

天狗老師はにんまりと笑った。

「では、わしは引き揚げる。おぬしらも帰れ。ただし、今日のことは他言無用。天狗のわしが敗れたと知られたら、大勢が我も我もと押しかけて来る。いいな」

「はいッ」

龍之介は元気よく返事をした。明仁が続いた。

龍之介は権之助や文治郎、九三郎に顔を向けた。

「はい」「はい」

権之助や文治郎、九三郎はしぶしぶと答えた。

「ではさらばだ」

天狗の老師は、鼻が欠けた天狗の面を拾い上げ、踵を返すと腰をさすりながら、斜面を駆け下りて行く。いくぶん片足を引きずっているように見えた。岩の上から落ちた時、腰ばかりでなく、脚のどこかを激しく打っているのではないか。老体だけに、心配だった。

「大丈夫かな」

龍之介は天狗老師の後ろ姿を見ながらいった。

「大丈夫でしょう。天狗になるため、かなり鍛えた自慢の軀でしょう。たまには、ご老体にとって、あの程度の打ち身は刺激になっていいのでは」

明仁はにやにやと笑った。

明仁は優しそうで結構冷たいところがある。

「さあ、引き揚げようぜ。腹が減った」

権之助がみんなに声をかけた。

「ああ、急に腹がすいた。帰ろう帰ろう」

九三郎が応じた。

みんなは権之助に従い、飯盛山の頂上に向かって登りはじめた。

鴉《からす》のけたたましい鳴き声が森の中に響いた。

「あ、雪だ」

文治郎が叫んだ。また雲間に月は隠れ、代わりに雪が風に乗ってちらつきはじめた。

いよいよ、会津に冬が訪れる時期になった。

龍之介は坂の途中で立ち止まり振り返った。

天狗老師の姿は森の奥に消えていた。

雪が斜めに吹き寄せはじめていた。

七

江戸に出ていた兄の真之助は雪とともに会津に戻って来た。

真之助や若侍、若党たちが戻って来た翌日から、会津は大雪に見舞われた。一晩に軒下まで積もる雪だ。

母理恵はもちろん、姉の加世も、祖母おことも大喜びで真之助を出迎えた。江戸から何の知らせもなかったので、今年の暮れと正月は、父牧之介や長男真之助なしの、寂しいものになると覚悟していた矢先に突然、前触れもなしに真之助が戻って来たからだ。

母は、すぐに龍之介に一乗寺家に行き、許嫁《いいなずけ》の結姫に知らせるようにいった。

龍之介は、母の言い付け通りに一乗寺家を訪ね、いずれ義理の姉になる結姫に、真之助が戻ったことを告げた。結姫は、真之助の帰りを待ちに待っていた様子で、すぐにも望月家をお訪ねすると明るい顔でいった。

龍之介は、優しい結姫が義理の姉になることは大歓迎なのだが、結姫の両親や兄弟は苦手《にがて》だった。父親一乗寺常勝は若年寄の要職にあり、兄弟たちも揃って、なにがしかの要路だった。身分は紫紐の常上士で、龍之介に対しても、いつも偉ぶっており、気安く付き合える相手ではなかった。龍之介は一乗寺家の彼らに取り入り、藩のしかるべき役職に引立ててもらうつもりもなかったが。

望月家の主の牧之介は、まだ江戸の仮藩邸に残っているので、一家揃っての家族団《だん》欒《らん》ではないが、真之助が戻って来たことで、望月家は一挙に賑やかになった。

兄は帰宅した夜、居間の炬燵にあたりながら、母や姉、龍之介に、父が元気で仕事をしていることや江戸大地震の様子の話をしてくれた。

まず江戸大地震の惨状は、龍之介の想像を越えていた。兄が救援物資を運び、江戸に到着したのは、地震があってから十二日ほど経ってのことだったが、倒壊した家屋の下に大勢の人の遺体がまだ収容出来ずにいて、江戸の街は死臭に満ちていた。

「それは、もう酷いもので、到着した後、毎日、腐乱した遺体の収容に追われ、ろくに休む暇もなかった」

会津藩の上屋敷は全壊したが、辛うじて藩主容保様は難を逃れて無事。中屋敷も倒壊し、こちらでは百八十人以上が圧死。負傷者も大勢出たが、倒壊した家屋の下敷きになっている人の救出に全力があげられ、負傷者の数は不明だった。

幸いなことに三田綱坂《みたつなざか》にある広大な敷地の下屋敷は無事だったため、会津藩は救援拠点を下屋敷に置いて復旧に当たった。父も兄も下屋敷に寝泊まりして、上屋敷や中屋敷の再建に携わった。

「会津から、大勢の大工や職人が江戸に駆け付けたので、建物の再建は急速に進んでおり、来年の桜が咲くころには、上屋敷も中屋敷も人が住めるようになりましょう。そういう見込みです」

ところで、他藩の藩邸の被害も、会津藩邸と似たりよったりの惨状で、隣近所の藩邸同士が藩の仕切りを越えて助け合い、救援物資を分け合ったりしていた。

江戸の庶民が住む下町には火が出て、いたるところが焼け野原になった。死傷者も数知れず、火事は十日以上たっても、まだ燻っていた。

庶民の町の被害は、藩邸の被害よりもはるかに甚大だったが、もともとが安普請の長屋や家屋が多かったため、材木が届くと、すぐさま、前のような安上がりな長屋や家屋が建ちはじめた。

そのため、材木を集荷する木場は大賑わいで、材木の値段は鰻上《うなぎのぼ》りに高騰し、材木商の鼻息はいつになく荒かった。幕府役人も各藩の材木調達係も、材木を求めて、木場を右往左往していた。

材木の供給元である会津藩は、材木の値段高騰の恩恵に預かって大儲けをしていた。なにしろ、まだ江戸に到着していない材木に値段がついて売れる事態だったからだ。

龍之介は、権之助がいっていたのは、このことか、と内心で思った。権之助は、江戸崩壊の報を聞いて、山奉行や郡奉行が、黒川流域の杉林の伐採作業を開始させたといっていた。これから、黒川、那珂川、江戸川を使っての材木の輸送が始まるとも。

「ともあれ、江戸大地震は、被害もとてつもなく大きかったし、死傷者も数多かったが、復興の速度が異状なほど早く、景気も良くなっている。材木商や米屋、金貸したちはえびす顔でほくほくしている。一部の金持ちは、焼け太りといわれている」

兄は話しながら、ため息をついた。

「それで旦那様のご様子は？」

　母が兄に話すように迫った。

「父上は地震の際、お仕事があって横浜におられ、ご無事だった。祖母上、母上や龍之介、加世に心配いたすな、との伝言だ。母上と加世、それから祖母上には、それぞれ手紙を預かっております」

　兄は、旅行李《たびごうり》の中から三通の封書を取り出し、母に手渡した。母は、さも大事そうに三通の封書を受け取り、姉上と一緒に、いそいそと祖母の寝所《しんじょ》に引き揚げて行った。

　龍之介は兄に尋ねた。

「それがしには、手紙はないのですか？」

「ない。それがしがおまえに口頭で伝えることになっている」

　龍之介はいくぶんがっかりした。自分も母や姉同様に手紙が欲しかった。

「ここからは内緒だ。母上にも祖母上にも、黙っておるように、とのご指示だ」

「はい」

　龍之介は何事か、と姿勢を正した。

「お父上は藩命を受けて、薩摩《さつま》藩の要路と会い、密かに会談している。会談の内容は極秘だが、藩の運命を左右するような事柄で、父上も全力をあげて対しているらしい」

「しかし、どうして、それが母上や祖母上に内緒にすることなのですか？」

「いま、我が藩は秘かに薩摩藩と同盟を結んでいる」

「どうしてわが藩が薩摩と同盟を」

「御上の要請があってのこと。それには深い訳があるのだ」

会薩同盟は、昨今の幕藩体制を揺るがしかねない地方大藩の台頭に対して、徳川幕府の支えとなる重要な同盟だ。東では水戸藩、西では、薩摩と長州《ちょうしゅう》、肥前《ひぜん》が幕府を揺るがしている。そのことは、日新館でも、藩校生たちの間に、どこからか情報が流れて来て、龍之介たちも聞き及んでいた。

「父上は、その会薩同盟の結び目となる役目を担っておられるとのことだ。だが、藩内には、他藩と通じる間諜《かんちょう》がいるらしく、会薩同盟で協議している内容が、長州に筒抜けになっている恐れがあるというのだ」

「なぜに長州に」

「父上によれば、おそらくカネだ」

「そんな裏切り者が藩内にいるのですか。けしからん」

「いまの世、すべてカネ次第で、人は右にも左にも転ぶ」

「信じられない」

「父上の動きを調べている者がおるらしいのだ」

「なぜ、父上の動きを」

「脅しが入った。やめねば、父上の命を頂くという警告が入ったそうなのだ」

「そんな馬鹿な。父上の命を狙うやつは誰なのです?」

「分からぬ。だが、どうやら、藩内にもいるらしい。それで、父上は万が一のことがあるやも知れぬので、龍之介、おまえとそれがしに、くれぐれも望月家のことを頼むとのご指示だった」

「父上に万が一のことが……」

龍之介は思いもよらぬことに慄然とした。

「父上は、それで母上や祖母上には、内緒にしておくように、とおっしゃっておられるのだ。母上や祖母上が無用な心配に襲われることがないように、おまえも、絶対にこのことは内緒にしておけ。いいな」

廊下に衣擦れの音が聞こえた。兄は唇に指を立てた。龍之介はうなずいた。

母と姉が笑顔で戻って来た。

「お父様のお手紙にありました。春には、休みを頂けそうなので、一度在所にお戻りになるとありましたよ」

「そうでしたか。それは楽しみですね」

兄は何食わぬ顔で笑いながら答えた。

龍之介も兄に合わせて、喜びの声をあげた。

真之助が帰郷してまもなく、龍之介が火事で救けた女の子奈美の父親と母親が望月家に御礼の挨拶に来た。父親は大槻弦之助《おおつきげんのすけ》、母親はおゆき。御徒組小頭《おかちぐみこがしら》を務めている下士だった。

真之助は、突然に大槻弦之助から礼をいわれ、大いに戸惑っていた。兄には龍之介が事件のことを話してなかったからだ。すぐに龍之介は兄に居間に来るようにいわれ、参上すると大槻弦之助と御新造のおゆきとあらためて対面した。

「その節は、娘の奈美を御救いいただき、ありがとうございました」

大槻弦之助とおゆきは深々と龍之介に頭を下げた。恭《うやうや》しく差し出された御礼の品は、家紋付きの桐箱に入れられた白磁の花器だった。

藩主保科《ほしな》様から頂戴した家宝の花瓶で、それは美事な白磁器だった。

龍之介はもちろん、兄や母もこのような貴重な御家宝をお受けすることは出来ないと固くお断りしたのだが、大槻夫婦は引かなかった。家が焼け落ち貴重な物はこれしか運び出すことが出来なかった、我が家の財産で御礼の品となるような物はこの家宝の花器しかない、娘奈美の命をお救いいただいた御礼として、ぜひとも、我が家の家宝を受け取ってほしい、と懇願された。

兄と母も、龍之介も困惑した。結局、大槻夫婦の懇請《こんせい》に根負けし、大槻家の家屋が再建され、生活が元に戻るまで、貴重な御家宝を御預かりいたす、ということで大槻夫婦に納得してもらうしかなかった。

夫婦と並んで座った奈美は聡明そうな、大きな目を輝かせて、じっと龍之介を見つめていた。奈美は目鼻立ちがはっきりとした丸顔の可愛らしい女の子だった。その器量の良さは母親のおゆき譲りで、いずれ成長して年頃になれば、母親似の美しい娘になると思われた。

龍之介は、まだ九歳の稚《おさな》い女の子とはいえ、大きな黒い眸《ひとみ》で真正面からじっと見つめられると、気恥ずかしさもあって、胸の中が騒めいた。もしかして、己れはこの娘と結ばれる運命にあるのかも知れぬ、とふと思い、慌ててそんなことはありえないと打ち消した。

龍之介が気付くと、目の前の奈美はきちんと膝を揃えて正座し、三指をついて頭を下げていた。奈美は、律儀な口調で、救けてくれた礼をしっかりと述べていた。

龍之介は大槻夫婦の手前もあって、どぎまぎしながら、奈美に言葉を返したが、自分では何をいったか、よく覚えていない。ただ、奈美が嬉しそうに顔を上げ、白い八重歯を見せて笑ったのは覚えている。

大槻弦之助は齢三十四歳、父牧之介とは、道場で稽古をしたりして、よく存じている、とのことだった。

龍之介も、思い出せば、大槻弦之助の名前に見覚えがあった。日新館道場の出入口に歴代首席剣士の名前が書かれた板書が掲げられてあるのだが、その中に大槻弦之助の名前があったのを思い出した。

大槻弦之助たちが帰った後、兄は大槻弦之助が道場で十年ほど前、一、二を争う剣の達人だったといった。

だが、大槻弦之助の実父が、ある不祥事に連座、その責任を問われて切腹した。そのため大槻家は断絶こそ免れたものの、家禄を大幅に減らされ、さらに身分も中士から下士に落とされた。

「大槻弦之助殿は、本当に運が悪いお方だ。いくら剣が強いといえども、それだけでは武家の社会は生きていけない」

「藩の不祥事というのは、なんだったのです？」

「藩内の権力争いがもともとの事件の根っこにあるといわれている。それがしも、父上からお聞きしただけで、詳しいことは分からない」

「権力争いというのは、誰と誰の諍《いさか》いだったのです?」

「いい難《にく》いのだが、一方は一乗寺常鷹《つねたか》様、結殿の祖父にあたる御方だ。当時、常鷹様は家老を勤めていた」

「もう一方の御方は?」

「若年寄の大嶋多門《おおしまたもん》様だ」

大嶋多門については聞き覚えがあった。

会津藩には、一乗寺家を含める十家が交替で家老職に任じられている。大嶋家もその十家の一家だった。だが、いまは大嶋家は断絶し、家督を継いだ者はいない。

「いったい、何があったのですか?」

「龍之介、物事には知っておいた方がいいことと、知らぬ方がいいことがある。大事なことは、藩の上層部の出来事に、一切関わらぬことだ」

龍之介は大槻弦之助の父が、どうやら、お家断絶になった大嶋家に、何らかの形で関わっていたのだ、と推察した。

「それがしも、それ以上は知らぬ。おまえも知らないでいい。いいな」

「はい」

龍之介は、兄のいうことに間違いはない、と思い、その場で、それ以上聞き出すことはしなかった。

師走《しわす》から年を越した正月まで、会津にはさまざまな年越しの行事、新年の行事がある。

兄真之助は、江戸へ出向中の父に代わり、望月家の主《あるじ》として、いろいろな会合に出たり、祭りや行事をこなすことになった。そのため、ほとんど家の席を温めることがなかった。

だが、年の暮れ近くになると、ようやく兄も家にいることが多くなり、生活も落ち着いた。

年末恒例の大掃除が終わると、兄は奉公人たちみんなに正月が終わるまで暇を出した。

屋敷に住まう武家奉公人はいつもの通りだが、通いの奉公人たちも実家に戻った。

そのため、年の暮れ、屋敷内は人気《ひとけ》が少なくなり、がらんとしていた。

龍之介が通う日新館も、年明けまで冬休みとなった。龍之介は、雪掻きや屋根からの雪下ろしを手伝ったり、竈《かまど》や風呂のための薪割《まきわ》りに精を出した。

いよいよ、年の瀬となり、龍之介は家族揃って炬燵に足を入れて、ぬくぬくと暖まって過ごし、除夜の鐘を聞いた。年越し蕎麦《そば》を啜り、家族みんなで一年を振り返り、談笑した。かくして、一年は暮れて終わり、新しい年を迎えた。

外にはしんしんと雪が降っていた。

八

新しい年の初めの正月も、何事もなく過ぎ、七草粥《ななくさがゆ》も終わった。

龍之介は稽古着姿で面を小脇に抱え、竹刀を肩に担いで日新館へ急いだ。吐く息が白い。途中顔見知りの先輩や同輩、下級生たちと、新年の挨拶を交わし合い、日新館の道場へ上がった。

新年初めての寒稽古だ。

権之助も九三郎も文治郎も、みな鼻を赤くして足踏みをしている。じっとしていると寒さで震え上がるからだ。

師範も師範代も、姿を現わさない。堪り兼ねて、龍之介は大声で呼びかけた。

「よし、先生たちが来る前だが、素振りだ。素振りをして寒さを吹き飛ばす」

龍之介は掛け声をあげ、前後に足を進めたり後退して、竹刀の素振りを始めた。

龍之介の動きがきっかけになり、集まった門弟たちが並んで素振りを始めた。

素振りをしているうちに、かじかんでいた手足が動き出し、軀もだんだん火照ってくる。

時々、師範室に目をやるのだが、師範も師範代もなぜか現われない。

遅れて来た明仁が、龍之介に手を上げた。手招きしている。

龍之介は素振りをやめ、明仁に歩み寄った。

「どうしたんだ？　素振りをすると温かくなるぞ」

「それどころじゃないんだ。大変なことが起こった」

明仁はあたりを見回し、人が聞いていないのを確かめた。龍之介は、その場で軽く竹刀を振り、軀を温めながら訊いた。

「何が、大変なことが起こったというのだ？」

「嵐山さんが、廓に斬り込み、客や楼主、止めようとした用心棒らを殺したらしい」

「なんだと！　客や楼主、用心棒を殺した？」

「それだけではない。いまも、女郎をひとり人質にして、廓に立て籠もっているそうだ」

「なんだって、女郎を人質に？」

きっと早与を人質にしたのだ、と龍之介は察した。

「いったい、どうした？」

異変を察知した権之助が龍之介のところにやって来た。九三郎、文治郎も素振りをやめて、浮かぬ顔で歩んで来る。

明仁はちらりと師範室のある廊下の先に目をやった。

「それで、いま先生方は、大騒ぎをしているんだ。嵐山さんは、道場の門弟だ。それで、指南役や先生方は、目付、大目付から、嵐山さんをなんとかしろ、といわれているらしい」

そういうことか。龍之介は合点《がてん》がいった。

師範室に慌ただしく走る助教や職員の姿があった。

「明仁、いまの話、どこから手に入れた？」

「おれの従弟《いとこ》からだ。従弟は上司の目付に挨拶に出かけたら、それどころではない、といわれた。誰か腕の立つ剣の遣い手はおらぬか、と目付は大慌てしていたそうだ」

龍之介は、権之助に目配せした。

「権之助、おれは磐見町へ行く。おまえも来るか」

「うむ。行く」

龍之介は、刀掛けに駆け寄り、自分の脇差しを取って、腰の帯に差した。権之助も、脇差しを摑み、腰に納める。

「おい、おまえら、どうするというんだ？」

文治郎と九三郎が駆け寄った。

「ともかく、現場に駆け付ける。嵐山さんを止めたい」

龍之介は、そういうと、刀掛けから、木刀一本を摑み取り、玄関に走った。権之助も、木刀を手に、後ろから追って来た。


龍之介は雪道を夢中で走りに走った。途中、何度も足を滑らせ、転びそうになったが、なんとか転ばすに済んだ。後ろから権之助が必死に駆けて来るのが分かった。

廓の前は、捕り手や同心ら捕り方の役人たちや野次馬が集まり、大騒ぎをしていた。

龍之介は、見覚えのある三軒目の妓楼飯田屋に目を凝らした。雪の道に、朱色、緋《ひ》色の襦袢《じゅばん》姿の遊女たちが集まり、身を寄せ合って震えていた。それでも遊女たちは、心配顔で飯田屋の二階を見上げていた。

捕り方たちも、二階に上った捕り手たちを見ている。

嵐山は飯田屋の二階に立て籠もっていると龍之介は判断した。

「おい、龍之介。あの男を見ろ」

権之助が龍之介の袖を引いた。振り向くと、野次馬の中に横山勇左衛門の姿があった。

横山も、嵐山のことを心配して、見に来ているのだろう。

龍之介は、野次馬たちを掻き分け、立っている横山勇左衛門に近寄った。

「横山さん」

「なんだ、望月か」

横山はじろりと龍之介と権之助に目をやった。

「おまえたち、日新館から駆け付けたのか」

「ええ。嵐山さんが暴れていると聞いて。横山さんは？」

「斬り込む前に、あいつはおれに言い残した。おれは斬り込むのはやめろ、無駄だといったのだが、嵐山は決行してしまった」

「なんと言い残したのですか？」

「やつが見事に死ぬのを見届けてくれ、とな」

嵐山さんは、初めから死ぬつもりで、決行したというのか？　龍之介は、なぜ、そんなことを、と心の中で叫んでいた。

「嵐山は、早与と刺し違えて死ぬつもりだ」

「では、人質に取ったのは、早与さんではないのですか？」

「わからん、ここで見ているだけなので、事態がどうなっているのか分からない」

横山は伸び上がり、前の人垣の頭越しに飯田屋を睨んでいる。

飯田屋の二階で動きがあった。喚声が上がり、障子戸が破られて、白襷《しろだすき》を掛けた男の人影が二階から転がり出た。男の軀は庭の木をへし折り、地べたに落ちた。周りから悲鳴が起こった。

二階の残った障子戸ががらりと開き、赤い鉢巻きをした男が大刀を手に、血相を変えた顔を覗かせた。

嵐山光毅だった。

嵐山は、障子戸を半開きにしたまま、部屋の奥に引っ込んだ。

捕り手たちが落ちた男を抱え、飯田屋の土間に担ぎ込んで消えた。

今度は一階で騒ぎが起こった。

玄関から塗一文字笠を被った恰幅のいい武士が数人の部下たちを従え、外に出て来た。

「目付の尾田彦左衛門《おだひこざえもん》だ」

横山が冷ややかな声でいった。

尾田彦左衛門の名前は知っている。黒紐格下の身分の上士だ。尾田は部下たちにあたりちらしている。

「どうやら、送り込んだ討ち手が返り討ちされたようだな。嵐山が相手では、並みの剣士では歯が立つまいて」

横山は冷ややかに笑った。

目付の尾田は、……を呼べと部下に命じていた。名前は聞き取れない。命《めい》を受けた部下たちは、捕り手や野次馬の人垣を掻き分け、雪の通りに走り去った。誰かを呼びに行ったらしい。

「やつは早与と刺し違えようとしたが、死に切れず、今度は誰かを呼び出そうとしているのかも知れない」

「誰かというのは、誰ですか?」

「早与を侮辱した男だ」

「まさか。北原従太郎」

「やつが最期に狙うのは、北原のほかはおるまい。北原は汚いことに、奉納仕合いの際に、部下に早与を買いに行かせて、嵐山の平静心を乱した。そうやって、嵐山は仕合いを棄権することになったんだ」

「まさか、そんな汚い手を使うとは」

「本当は、それで嵐山を予選四組から棄権させ、おまえを選手の一人に推し上げようとしたんだぞ。知らなかったのか」

「なんですって、それがしを……」

龍之介は愕然とした。

ふと仏光五郎が、おまえが四組で勝ち上がることになる、といっていたのを思い出した。

仏光五郎も、北原従太郎と手を組んでいたのか？

「嵐山は、初めは、おまえもやつらとぐるになっていると思っておった」

「そんな、誤解だ」

「ああ。嵐山は、おまえのことは見直した。おれがおまえはぐるではない、と保障したからな」

龍之介は返事に困った。ありがとうというべきなのか。いうべきではないのか。

事態は膠着状態になっていた。捕り手たちも手出し出来ず、二階の嵐山のいる部屋を取り囲んだまま、逃亡を防ごうとしている様子だった。もし、嵐山が逃亡することがあったらだが。

権之助が龍之介に囁いた。

「きっと目付は嵐山さんの要求を入れて、北原さんを呼びに行かせたのではないか？」

それを聞いた横山が苦々しくいった。

「北原は、こんな所にはのこのこ出て来ない。斬られるということを分かっているのだからな。それに、やつは紫紐組だ。目付が、万が一にも紫紐の常上士を死なせるわけにはいかん。そんなことになれば、自分の首が飛ぶ」

先に使いに出た一人が戻って来た。侍は目付の足許に座り込み、何事かを報告した。

「なにい、北原は来ないだと！」

目付の尾田は激怒し、手にした鞭で、近くの立ち木を叩いた。怒声が龍之介たちのところまで聞こえて来る。

「な？　いった通りだろう？」

横山は鼻を鳴らして笑った。

もう一人の使いが駆け戻り、人垣を分けて、目付の許に走り込んだ。その使いも何事かを報告した。

「そうか。来るか」

目付の尾田は、今度は満足げにうなずいた。

「誰を呼んだのだ？」

「師範の伴康介先生か師範代の相馬先生ではなかろうか？」

権之助が囁いた。龍之介もうなずいた。

「先生たちが来てくれれば、嵐山を説得してくれるかも知れない。これ以上、人に迷惑をかけるな、と」

「違うな。目付が呼んだのは、師範たちではない。藩の上の連中は、苦々しく思っている。できることなら、嵐山を黙らせて葬り去りたいんだ。師範なんか呼んだら、ことはさらに大きく表沙汰になり、藩の面目は丸潰れになる。第一、上意討ちに師範の先生なんか、出せない」

「上意討ちになるのですか」

龍之介は息を呑んだ。上意討ちは、藩主か、藩主に代わる首席家老が決める処置だ。一度、下りたら、容易には撤回されない。

「とすると、いったい、上意討ちに誰を呼んだのです？」

「使い捨ての下級武士だよ。それも後腐《あとくさ》れないように、いつでも処分できる剣士だ。仮に、その剣士が敗れても、次の下士の遣い手を指名するだけだ。そうやって、何人でも送り込める。決して紫紐や黒紐の上士は送り込まない。そういう上士を使えば、目付の責任を問われる」

横山は腕組みをし、顎の不精髯《ぶしょう》を手で撫でた。

「お、来たぞ」

すでに白襷を掛けた侍が中間に案内されて現われた。野次馬や捕り手がさっと身を引き、侍の前を開けた。

侍は厳しい顔付きで歩いて来た。

龍之介は心の中で驚きの声を上げた。

侍は、大槻弦之助だった。

大槻弦之助は、目付の前に立ち、腰を斜めに折って挨拶した。

目付の尾田は鷹揚にうなずき、大槻弦之助に何事かをいい、労《ねぎら》った。

「あの侍は、もしや大槻弦之助。かつて、道場で指南役さえ打ち負かした、伝説の男だ」

横山がいった。

「さようですか」

「だが、大槻弦之助が力を発揮できたのは、もう十年以上前だ。いまは、きっと腕は落ちていよう。嵐山と斬り合っても恐らく勝てないだろう。なにせ、嵐山は死ぬ覚悟だからな」

龍之介はまずい、と思った。もし、大槻弦之助が死ねば娘の奈美と、母のおゆきと赤子は、どうなるのか？　絶対に大槻弦之助殿を死なせてはならない。

龍之介は決心した。前に立つ野次馬たちを掻き分け、さらに捕り手たちを押し退けて、目付たちの前に歩み出た。

「待て。龍之介、どこへ行く？」

権之助の絶叫が背中にかかった。龍之介は無視して前に進んだ。

慌てて役人たちが龍之介を捕らえようとした。

「それがし、若年寄御用所密事頭取、望月牧之介の一子、望月龍之介にござる」

役人たちは、一瞬ひるんだ。若年寄御用所密事頭取の肩書きは、普通の役職ではない。若年寄直属の高位の身分の役職だとは分かる。

取り押さえようとしていた役人たちの手を擦り抜け、目付の前に片膝立ちをして頭を下げた。

「尾田彦左衛門様、申し上げます。いま二階に立て籠もっておる嵐山は、それがしの先輩の藩校生でござる。いま一度、それがしに、説得を試みさせてください。それがし、命に懸けて、嵐山先輩に刀を引かせ、大人しくお縄を頂戴いたすよう、説得いたしますゆえ」

「なに、嵐山に縄を付けると申すのか」

「はい。必ず」

尾田彦左衛門に側近の部下が何事かを耳打ちした。

龍之介は、その間に、床几《しょうぎ》に座った大槻弦之助に囁いた。

「大槻どの、どうか、それがしにお任せください」

「望月龍之介どの、おぬしの好意はありがたいが、それがしも武士、一度上意討ちを命じられたら、その命《めい》を果たさねばならない。無用なお止め立てはなさらぬよう、お願いする」

目付の尾田彦左衛門が、大声でいった。

「よかろう。望月龍之介とやら。おぬしがいって大人しくなるなら、無駄ではあるまい。行け」

「かたじけない」

龍之介は木刀を携え、大股で飯田屋の土間に踏み込んだ。白襷をかけた捕り方の侍たちが、一斉に道を開けた。

式台に上がった。正面の階段をゆっくりと上った。階段に控えていた捕り方たちは、龍之介に行く手の道を譲った。

「嵐山先輩、拙者、望月龍之介でござる」

龍之介は二階の座敷にいる嵐山に怒鳴りながら、階段を一段一段上がって行った。

二階は血の臭いが漂っていた。脂粉の強い香料の匂いも鼻をつく。

「嵐山さん、入ります」

龍之介は叫んだ。最初の部屋には二人ばかり、朱に染まった死体が転がっていた。

いずれも白襷姿の侍だった。

「嵐山さん、どこにいますか」

隣の部屋には、半分開いた襖の陰に、浴衣姿の男がうつ伏せに倒れていた。一目見て、やくざの男だと分かった。切られた着物の隙間から、倶利伽羅紋紋《くりからもんもん》の刺青《いれずみ》が見えた。

隣に倒れているのは、飯田屋の女将《おかみ》と思われる年増女だった。二人とも背中を一刀両断されていた。

　凄惨な殺人現場に、龍之介は吐き気を覚えた。だが、ぐっと堪えて、なおも廊下を進んだ。

　隣の部屋の襖も開いており、中から男の啜り泣きが聞こえた。龍之介はいったん深呼吸していった。

「嵐山さん、望月龍之介です。入ります」

　龍之介は座敷に入り、正座した。

　部屋の中には、遊女を抱えた嵐山が泣いていた。遊女は早与だった。傍らに大刀の抜き身が畳に突き立ててあった。

　早与は嵐山の胸で眠るように目を閉じていた。だが、喉元に懐剣を突き刺した痕が見えた。乱れた裾の間から、白い太ももが見えた。

　龍之介は思わず、目を逸らした。嵐山は龍之介の視線が早与の太ももに向けられていたのを察知し、着物の裾を手で閉じた。

「望月、こいつを見てやってくれ。綺麗だろう？　幼なじみの早与は、小さいころから俺の花嫁になると決めていたんだ。それがしもそう思っていた」

　嵐山は早与の頭を抱き締めた。

「それが、飢饉《ききん》のおかげで、こいつの両親は死んじまった。残されたのは、老婆と六人の子どもたちだった。早与は残された子どもを食わせるために、泣く泣く人買いに身を売ったんだ」

嵐山は早与の顔を手で撫でた。

「だれも喜んで女郎なんかになるやつはいない。それを、女郎女郎って呼びやがって」

「申し訳ない。そんなこととは知らずに」

龍之介は謝った。謝って済むことではないが、謝るしかなかった。

「おまえはまだいいよ。ただ事情を知らなかっただけのことだから。だが、許せないのは、女郎になった早与をカネで買い、おもちゃにして遊んだ連中だ。だから、身売りした早与を人買いから買い、ここの廓で働かせた楼主と女将を殺した」

嵐山は手で鼻を啜り上げた。

「早与は可哀相な女だった。俺は無力で、何もできず、ただうろうろするだけだった。それをいいことに、北原たちは、おれの許嫁だと知って、余計に早与をいたぶった。おれは、だから、そいつらを成敗しようとした」

「……誰を成敗したのですか？」

「後藤修次郎だ。後藤は北原の命令で早与を抱いた。そればかりか、おれがほかの女子にうつつをぬかしていると早与にうそを吹き込んだ。奉納仕合いの際には、北原は仏光五郎と結託して、おれを四組の代表から外そうとした。それがしに予選仕合いを棄権しろ、と脅した。いうことを聞かないと、早与をやくざ連中に買わせて、みんなで回すといってな」

「そうだったのか。予選仕合いの裏で、そんなことがあったのですか」

「だから、おれは、早与を買ったやくざの親分を叩き斬った。子分たちへの見せしめにな」

「そうでしたか」

「早与は、おれが、早与のために復讐をしていると知り、悲しんだ。もうやめてくれってな。だが、おれの怒りは収まらなかった。そんな折、日新館の教授の大口楠道が、早与に目をつけ、早与を買った。買ったばかりか、大口楠道は早与を身請けしようとした。おれがいるのを知っていてだ。だから、早与を買ったこの日に、おれは大口楠道を襲い、殺した」

龍之介はあたりを見回した。

「大口の亡骸《なきがら》は、この隣の部屋に転がっている」

嵐山は顎をしゃくり、隣との境の襖を指した。

「おれは、最期に北原を殺《や》ると早与にいった。北原を殺ったら、一緒に死のうといったんだ。そうしたら、早与は泣きながら、もうやめてといった。わたしのために、そんなことをしては駄目だと。もし、これ以上、人を殺すなら、と早与は懐剣を喉元に突き付けたんだ。おれは、止めた。お願いだから、北原だけは許せないから、殺るといったら、早与は本当に喉元を懐剣で突いた。止めようがなかったんだ」

ミシッという音が廊下から聞こえた。

大槻が忍び足で間近まで来たと分かった。隣の襖の陰にいる。

嵐山も気付いた様子だった。じろりと襖に目をやった。

「嵐山さん、もうやめませんか。早与さんも、嵐山さんが早与さんを思うあまりに復讐しているのに耐えられなかったのではありませんか」

「…………」

「早与さんは、きっと悲しんでいますよ」

「そうだろうな。御免な、早与。おれが悪かった。何もしてやれなかった」

嵐山は早与に頬ずりし、呟いた。

「だが、ならぬことはならぬのだ」

嵐山はいま一度早与の亡骸をしっかりと抱き締めた。それから、早与を布団の上にそっと横たえた。

襖がするりと開いた。人影が躍り込んだ。

白刃がきらめいた。白襷姿の大槻弦之助が無言で嵐山に斬りかかった。

嵐山はひらりと身を躱し、畳に突き刺してあった大刀を引き抜いて構えた。大槻は上段に刀を振りかざした。

「お待ちくだされ。大槻様」

龍之介は思わず木刀で大槻の刀を打ち払い、大槻の前に躍り出て、待ったをかけた。

「退《ど》け、望月」

大槻は刀を上段に振り上げた。

「退きません。いましばし、お待ちを」

龍之介は大槻の前に片膝立ちになり、両手で木刀を水平に掲げた。

「嵐山殿、いまでござる」

龍之介は後ろの嵐山も見ずにいった。

後ろから嵐山の声が聞こえた。

「かたじけない。早与、それがしを許してくれ」

嵐山の声が上擦《うわず》った。ついで、むっと息を止める気配があった。

刀を振りかざしていた大槻が動きを止めた。

「………」

苦しげな唸り声が聞こえた。

龍之介はゆっくりと振り向いた。

嵐山は早与の傍らで、腹に刀を突き立て、横に引いていた。血潮が腹部からどっと噴き出した。

「大槻様、介錯《かいしゃく》をお願いします」

龍之介は嵐山を見つめながらいった。

「うむ」

大槻は嵐山の脇に立った。嵐山は、歯を食いしばり、刃で腹をかっ切った。

「御免」

大槻は大刀を一閃させて振り下ろした。

龍之介は目を閉じ、嵐山に合掌《がっしょう》していた。

外には、ぼたん雪が降っていた。

龍之介は、権之助、横山勇左衛門と並んで雪の中を歩いていた。三人とも無言だった。

雪がさらさらとかすかな音を立てて吹き寄せている。

龍之介の頭の中で、子どもたちが唱和する声が響いていた。

嘘言《うそ》をついてはなりませぬ。
人を騙してはなりませぬ。
卑怯な振舞をしてはなりませぬ。
士道に反することはならぬものです。
ならぬことはならぬものです。

第一巻　了

◇参考文献

星亮一著『会津武士道「ならぬことはならぬ」の教え』（青春出版社）
星亮一著『偽りの明治維新』（だいわ文庫）
中村彰彦著『会津武士道』（ＰＨＰ文庫）
ほか

時代小説

二見時代小説文庫

会津武士道《あいづぶしどう》1 ならぬことはならぬものです

二〇二二年 二 月二十五日 初版発行

著者 森《もり》 詠《えい》

発行所 株式会社 二見書房
〒一〇一-八四〇五
東京都千代田区神田三崎町二-一八-一一
電話 〇三-三五一五-二三一一 [営業]
〇三-三五一五-二三一三 [編集]
振替 〇〇一七〇-四-二六三九

印刷 株式会社 堀内印刷所
製本 株式会社 村上製本所

 ISBN978-4-576-22013-0
https://www.futami.co.jp/

森詠

北風侍 寒九郎 シリーズ

完結

①北風侍《さむらい》 寒九郎 津軽《つがる》宿命剣
②秘剣 枯れ葉返し
③北帰行
④北の邪宗門
⑤木霊《こだま》燃ゆ
⑥狼神《ろうしん》の森
⑦江戸の旋風《つむじかぜ》
⑧秋しぐれ

旗本武田家の門前に行き倒れがあった。まだ前髪も取れぬ侍姿の子ども。腹を空かせた薄汚い小僧は津軽藩士・鹿取《かとり》真之助《しんのすけ》の一子、寒九郎《かんくろう》と名乗り、叔母の早苗様にお目通りしたいという。父が切腹して果て、母も後を追ったので、津軽からひとり出てきたのだと。十万石の津軽藩で何が…？ 父母の死の真相に迫れるか!? こうして寒九郎の孤独の闘いが始まった…。